dtv

Dora Heldt nimmt uns mit in ihre Winterwelt und erzählt in heiterem Ton, warum es im Altweibersommer auch schneien kann, man am 23. Dezember manchmal einen hässlichen Hund suchen muss und kleine Jungen im Engelskostüm nicht unbedingt niedlich sind.
Spritzige und humorvolle Geschichten rund um die Zeit des Schneematsches, der Glühweinstände und der ersten Frühlingsgefühle – für Dora-Heldt-Fans wie für Kurzgeschichten-Liebhaber.

Dora Heldt, 1961 auf Sylt geboren, ist gelernte Buchhändlerin und lebt heute in Hamburg. Mit ihren Romanen führt sie seit Jahren die Bestsellerlisten an, die Bücher werden regelmäßig verfilmt. Weitere Informationen unter www.dora-heldt.de

Dora Heldt

Schnee ist auch nur hübschgemachtes Wasser

Wintergeschichten

dtv

Ausführliche Informationen über
unsere Autorinnen und Autoren und ihre Bücher
finden Sie unter www.dtv.de

Dieses Buch ist bei dtv auch im Normaldruck (21694) lieferbar.

Ungekürzte Ausgabe 2019
6. Auflage 2021
© 2017 dtv Verlagsgesellschaft mbH & Co. KG, München
Dieses Werk wurde vermittelt durch die Literarische Agentur
Thomas Schlück GmbH, Hannover
Umschlaggestaltung: dtv unter Verwendung eines
Bildes von Markus Roost
Satz: pagina GmbH, Tübingen
Gesetzt aus der DTL Documenta, 13 pt
Druck und Bindung: Druckerei C.H.Beck, Nördlingen
Gedruckt auf säurefreiem, chlorfrei gebleichtem Papier
Printed in Germany · ISBN 978-3-423-25412-0

Inhalt

Josefines Sehnsucht nach Schnee 7
Entspannter Advent 55
Weil Weihnachten ist 58
Top-Figur im Daunenmantel 96
Ein Weihnachtsjob 99
Glücksbringer 122
Reiseallergie 125
Alles muss raus! 157
Biikebrennen und Grünkohl 160
Schlank im Schlaf 188

Josefines Sehnsucht nach Schnee

»Und jetzt zum Wetter und Verkehr.«

Josefine öffnete ein Auge und wartete gespannt.

»Auch heute erwartet uns wieder ein sonniger Tag mit nur vereinzelten Wolkenfeldern. Höchsttemperaturen von 17 bis 20 Grad, die Tiefsttemperaturen nachts bei milden 12 Grad.«

Sie stöhnte leise. Die muntere Stimme der Radiomoderatorin fuhr fort: »Das ist wirklich ein wunderbarer Altweibersommer und das Beste ist, dass sich dieses Hochdruckgebiet auch noch die nächsten Tage hält. Und jetzt zu den Verkehrsnachrichten …«

Josefine streckte sich, um das Radio auszuschalten. Dann setzte sie sich mühsam auf und blickte auf das gerahmte Foto, das auf ihrem Nachttisch stand. »Guten Morgen, mein Schatz.«

Herbert war schon seit zwanzig Jahren tot, trotzdem galten ihr erster und ihr letzter Satz jeden Tag ihm. Ihrem Mann, mit dem sie fast fünfzig Jahre verheiratet gewesen war. Und der nur sechs Wochen vor ihrer goldenen Hochzeit beim Rasenmähen gestorben war. Mit 75. Eine denkbar blöde Art, sich um das Fest zu drücken, dachte Josefine heute. Herbert hatte Feiern immer gehasst, im Gegensatz zu ihr, aber deswegen fiel man doch nicht einfach so um. Nur, weil ihre zahlreichen Bekannten Wert auf ein großes Fest zur goldenen Hochzeit legten. Und Josefine das damals durchgesetzt hatte. Gegen Herberts Willen. »Dann kommen sie alle angerannt, in schrecklichen Kleidern, trinken und essen auf unsere Kosten, gehen nicht nach Hause und bringen schreckliche Geschenke mit«, hatte er gesagt. »Es wird furchtbar.«

Er hatte recht behalten. Es war furchtbar gewesen. Weil Josefine statt der roten Rosen dann weiße Lilien bestellt und im selben Gasthof, in dem die goldene Hochzeit stattfinden sollte, die Trauerfeier ausgerichtet hatte. Tatsächlich kamen alle angerannt, sie hatten zwar keine Geschenke dabei, aber es wurde auf Josefines Kosten sehr viel gegessen und noch mehr getrunken. Statt schrecklicher Kleider war die Garderobe aber einheitlich, alle trugen schwarz. Es war lange her.

Langsam schob sie ihre Beine aus dem Bett und wartete einen Moment, bevor sie aufstand. Es ging alles nicht mehr gut. Das Leben war mühsam geworden und langsam mochte sie auch nicht mehr. Aber jetzt musste sie sich ins Bad quälen, sich waschen, kämmen und anziehen, weil heute Jens kam. Der Enkel ihrer verstorbenen Schwester Margarete. Sie wäre vermutlich geplatzt vor Stolz auf diesen hübschen jungen Mann. Aber so hatte sie ihn gar nicht mehr erlebt. Margarete war gestorben, als Jens fünfzehn war. Heute war er zweiunddreißig und kam einmal in der Woche zum Frühstück, brachte ihr die schweren Einkäufe, erzählte lustige Geschichten und aß mindestens drei Brötchen. Josefine fand es nur bedauerlich, dass er allein lebte. Er hätte die Richtige noch nicht gefunden, sagte er jedes Mal, wenn sie ihn fragte. Dabei würde Josefine so gern noch erleben, dass Jens ihr seine Liebe vorstellte. Aber so viel Zeit blieb ihr nicht mehr, ihre Kräfte ließen immer schneller nach. Und es reichte auch langsam. Er müsste sich einfach mal beeilen, sonst wäre sie nicht mehr da.

Jens stellte seine Tasse ab und sah sie forschend an. »Was ist, Josefine? Du gefällst mir heute gar nicht.«
»Das muss auch nicht sein«, sie sah ihn an. »Das bringt nämlich nichts.« Ächzend zog sie sich an der Stuhllehne hoch und schlurfte zur Küchenzeile, auf

der die Thermoskanne stand. »Ich bin 92. Der Altersunterschied ist einfach zu groß.«

Sie lächelte ihn mühsam an, als sie wieder auf ihrem Platz saß, etwas besorgt lächelte er zurück. »Geht es dir nicht gut? Hast du Schmerzen?«

Josefine schüttelte den Kopf. »Nicht mehr als sonst. Mach dir keine Sorgen.«

Sie sah ihm an, dass er ihr nicht glaubte. Er machte sich ständig Sorgen um sie. Der Junge war einfach zu weich. Seine nächste Frage kam deshalb nicht unerwartet.

»Wolltest du nicht letzte Woche zum Arzt?«

»Ich sollte«, korrigierte sie ihn. »Du hast drauf bestanden. Ja, ich war da.«

»Und? Was hat er gesagt?«

»Was soll er gesagt haben?« Josefine zuckte die Schultern. »Es ist altersgemäßer Verschleiß. Ganz normal. Und ich soll trinken. Als wenn ich in meinem Alter damit anfangen würde.«

»Er meint Wasser«, Jens grinste schief. »Oder Tee. Oder Saft. Doch keinen Alkohol.«

»Schade«, Josefine rieb sich nach diesem müden Witz die Augen. Wenn sie nicht aufpasste, schlief sie hier gleich ein. Sie hatte so schwere Lider, ihr wurde fast übel vor lauter Wehrhaftigkeit gegen den Schlaf.

»Aber du musst wirklich mehr ...«, fing Jens an und hörte wieder auf, als sie die Hand hob.

»Jens, ich habe es dir schon mal gesagt, ich lehne Gespräche über Alter und Krankheiten bei Tisch ab. Steh doch mal auf und geh zum Kühlschrank, ich habe die Butter vergessen. Und das kleine Glas Erdbeermarmelade.«

Jens sah sie forschend an, als würde er ein Insekt beobachten. Josefine deutete mit dem Finger auf die Küchenzeile. »Die Butter. Und starr mich nicht so an. Ich komme mir vor wie eine Amöbe unterm Mikroskop.«

Während sie ihm zusah, wie er den Kühlschrank öffnete, fiel ihr der Traum von letzter Nacht wieder ein. Sie hatte mit Herbert, seiner Schwester Ilse, deren Mann Gerd, ihrer Freundin Ella und ihrer Schwester Margarete auf einer Veranda gesessen. Die Sonne schien vom blauen Himmel, der Schnee glitzerte, in ihren Bechern war Punsch und sie wollten gleich Schlitten fahren. Sie war sehr glücklich gewesen. Weil sie den Winter und den Schnee so liebte. Der traurige Gedanke kam sofort hinterher. Alle anderen waren schon lange tot. Nur sie war noch da. Aber sie war sich sicher, dass die anderen irgendwo auf sie warteten. Von Tag zu Tag aufgeregter. Weil es nicht mehr so lange dauern würde, bis sie sich wiedersahen.

»Worüber lächelst du?« Jens stellte die Butter und die Marmelade auf den Tisch und setzte sich wieder.

Josefine hob den Kopf. »Ich würde so gern noch mal Schlitten fahren.«

»Schlitten?« Jens sah sie an, bevor er nach draußen deutete. »Und das fällt dir bei diesem herrlichen Wetter ein?«

»Ja. Ich finde diesen Spätsommer gar nicht so schön. Ich freue mich immer auf den Winter und den ersten Schnee. Aber wer weiß, wann der dieses Jahr kommt. Der Sommer scheint gar kein Ende zu nehmen.« Josefine legte Jens ein Brötchen auf den Teller. Sie selbst hatte überhaupt keinen Appetit. Jens schien das noch nicht bemerkt zu haben. Unbekümmert schnitt er das Brötchen auf und lächelte. »Du mit deinem Winter. Und deinem Schnee. Ich bräuchte das nicht. Ich genieße die Sonne. Und du wirst deinen Schnee schon noch bekommen.«

Josefine wich seinem Blick aus. Er sollte ihre Skepsis nicht bemerken. Aber sie ahnte, dass sie den Schnee nicht mehr sehen würde.

Einen Stock höher saß Anna im Wohnzimmer und zappte sich durch die Vormittagsprogramme. Morgenmagazine, eine Dokumentation über einen Streichelzoo, die Wiederholung einer Arztserie, an der sie etwas länger hängen blieb, dann aber doch weiterschaltete, weil sie die vielen Ärzte in weißen Kitteln nicht unterscheiden konnte, ein Bericht über die größten Trucks der Welt, eine Trickfilmepisode und eine Kochshow. Genervt schaltete sie das Gerät aus und blieb unschlüssig sitzen. Der Vormittag ging überhaupt nicht vorbei, obwohl sie hier schon gefühlte Stunden saß und ihre Laune immer schlechter wurde. Sie musste irgendetwas tun, sie hatte nur keine Ahnung, was. Ihr Blick fiel auf ihre Jogginghose, auf dem Oberschenkel prangte noch der Joghurtfleck von gestern. Sie könnte ja duschen gehen. Oder in die Badewanne. Dann wäre sie wenigstens beschäftigt. Behutsam schob sie ihre schlafende Katze vom Schoß und stand auf. Sie kam bis zur Wohnzimmertür, als das Telefon klingelte.

»Ich bin es. Gibt es was Neues?«

Wäre sie doch bloß nicht rangegangen. »Mama. Hallo. Was meinst du?«

»Was ich meine?« Ihre Mutter hatte am Telefon eine noch nervigere Stimme als sonst. »Was ist mit deiner Jobsuche? Hast du wieder was? Oder hängst du schon wieder im Jogginganzug auf dem Sofa rum?«

Anna hasste hellseherische Fähigkeiten. Die hatte ihre Mutter immer schon gehabt. Aber sie musste sich zurücknehmen, im Moment war sie darauf angewiesen, dass sie Geld bekam. Und da war ihre Mutter, oder besser, ihr Stiefvater gerade die einzige verlässliche Quelle. Das ließen sie sie auch spüren.

»Ich habe noch drei Bewerbungen offen«, sie antwortete mit der sanftesten Stimme, derer sie fähig war. »Ein Hotel, das eine Rezeptionistin sucht und zwei Restaurants.«

»Restaurants?« Die Stimme am anderen Ende klang fassungslos. »Als was denn? Du kannst doch nicht mal kochen!«

»Die suchen keine Köchin, sondern jemanden, der da Veranstaltungen organisiert. Das habe ich schließlich studiert.«

»Ich hab dir doch gleich gesagt, dass das kein Mensch braucht. Das ist doch nicht mal ein richtiger Beruf.«

Anna legte den Kopf in den Nacken, starrte auf die Deckenleuchten und wartete auf den entscheidenden Satz. Der auch prompt folgte. »Also, wir können dich jetzt nicht ewig unterstützen. Ich kann mich nicht mein ganzes Leben für ein Kind aufopfern. Ich habe leider so ein bisschen den Eindruck, als würdest du dich vor einer anständigen Arbeit drücken. Das kann doch nicht sein, dass du nichts findest. Kümmerst du dich überhaupt richtig ...«

»Mama«, unterbrach Anna die Tirade erleichtert und hielt als Beweis kurz den Hörer in Richtung Tür. »Ich muss leider Schluss machen, es klingelt an der Tür. Ich melde mich, tschüss.«

Erleichtert öffnete sie, egal wer es war, alles war besser als dieses Telefonat.

»Hey«, Marie, ihre Nachbarin, stand vor ihr, ihren Sohn an der Hand. »Anna, kannst du mich retten? Die Schule hat heute Morgen angerufen, die haben einen Wasserrohrbruch, ich muss aber jetzt zur Arbeit, weil ich einen ganz wichtigen Termin habe, und ich habe keine Betreuung für Felix gefunden. Oma Josefine hat Besuch, da will ich jetzt nicht stören. Vielleicht kann er so lange bei dir bleiben. Und dann fragst du nachher Josefine?«

»Ja, klar«, Anna öffnete die Tür weit und lächelte Felix an. »Dann komm rein, ich habe sowieso nichts vor.«

»Deine Hose hat einen Fleck«, stellte Felix knapp

fest, während er an ihr vorbeiging. »Tschüss, Mama.« Bevor sie antworten konnte, war er schon im Wohnzimmer verschwunden.

»Die Katze ist einfach wichtiger als du«, Anna hob die Schultern. »Wann kommst du wieder?«

»Nicht vor zwei«, hektisch sah Marie auf die Uhr. »Oh Gott, ich bin schon wieder zu spät. Bis nachher.«

Nachdenklich sah Anna ihr nach. Das war auch nicht einfach, alleinerziehend, berufstätig und immer unter Strom. Und sie selbst hatte sich gerade gelangweilt. In fleckiger Jogginghose beim Fernsehen. Umgeben von Selbstmitleid. Sie war ein schlechter Mensch.

Felix lag schon auf dem Sofa, die Katze auf seinem Bauch streichelnd, mit entrücktem Lächeln. »Kira ist sofort auf meinen Bauch gesprungen«, teilte er leise mit. »Und jetzt schnurrt sie. Ich glaube, sie ist in mich verliebt.«

»Bestimmt«, Anna betrachtete ihn. »Möchtest du was trinken?«

»Nö.« Ohne den Blick von Katze Kira zu nehmen, sagte er: »Ich glaube, meine Mama ist auch verliebt.«

»In dich. Ja, natürlich.«

»Nein«, Felix sah sie jetzt erstaunt an. »Ich bin doch

ihr Kind. Ich glaube, sie ist in den Besuch von Oma Josefine verliebt. Sie kriegt immer so komische Augen, wenn er an uns vorbeigeht. Und Karla aus meiner Klasse hat gesagt, dass man komische Augen hat, wenn man verliebt ist. Ich sag das mal Oma Josefine, dann kann die das ihrem Besuch sagen. Mama hat ja gar keine Zeit, das selbst zu machen.«

»Aha«, Anna betrachtete den kleinen Kuppler interessiert. »Dass man in deinem Alter schon solche Gedanken hat.«

»Ich bin neun. Fast zehn.« Kira streckte sich auf seinem Bauch, Felix kicherte leise. Dann sagte er: »Oma Josefine hatte früher auch Katzen. Die sind aber alle gestorben. Die werden ja nicht so alt wie Menschen. Wann stirbt Kira?«

»Was?« Anna zuckte zusammen. »Wieso soll sie sterben? Sie ist erst vier Jahre alt.«

»Dann hat sie noch Zeit.« Zufrieden streichelte Felix weiter. »Das ist gut.«

»Und wann sind Josefines Katzen gestorben?« Anna setzte sich auf die Lehne des Sofas. »Ich habe hier im Haus außer Kira noch nie eine andere Katze gesehen.«

»Die sind ja schon lange tot.« Felix richtete sich vorsichtig auf, um Kira nicht zu stören. »Ungefähr so lange wie ihr Mann.«

»Josefines Mann?« Sie war erstaunt. Sie wohnte seit zwei Jahren in diesem Haus, war auch schon zwei- oder dreimal bei ihrer Vermieterin eingeladen gewesen, von Katzen oder einem Mann hatte Josefine nie etwas erzählt. Das musste sie von Felix erfahren. »Wie oft besuchst du denn Josefine?«

»Och«, er kitzelte Kira am Bauch. »Eigentlich jeden Tag. Aber in letzter Zeit ist sie ganz oft müde.«

In der Nachbarwohnung stellte Christa die Spülmaschine an und wischte abschließend über die Arbeitsplatte. Alles picobello, zufrieden sah sie sich in der kleinen Küche um und ging ins Esszimmer. Ihr Mann stand auf dem Balkon und betrachtete die Straße.

»Ist da was Besonderes? Oder weißt du nur nicht, was du machen sollst?«

Günter drehte sich langsam um und schob die Hände in die Hosentaschen. »Jens ist wieder bei Josefine. Der wittert wohl sein Erbe.«

»Das ist doch Unsinn. Der kommt seit Jahren einmal in der Woche und kümmert sich. Das ist doch kein Erbschleicher.«

»Was denn sonst?« Günter schlenderte zum Tisch und setzte sich. »Der erbt dieses Haus hier. Und er wird es sofort verkaufen, dann werden hier Eigentumswohnungen entstehen und wir müssen alle raus. In unserem Alter. Nach dreißig Jahren. Aber das sage ich dir, ich mache es den neuen Besitzern nicht leicht. Die müssen mich rausklagen. Ich gehe vor Gericht.«

Das war sein Lieblingssatz. Günter ging ausgesprochen gern vor Gericht. Er war ein Streithammel. Er hatte schon Parkplatzsünder in ihrer Straße angezeigt, Schwarzarbeiter verklagt, schrieb Beschwerden über Gott und die Welt, er wusste nie wohin mit seiner Wut und seiner schlechten Laune. Seit drei Jahren war er Rentner, das machte ihn fertig. Er hatte nicht in den Ruhestand gehen wollen, er war gern Abteilungsleiter in der Spedition gewesen, aber es kam ein junger Nachfolger und Günter war nun mal im Rentenalter. Das hatte er übel genommen. Und deswegen war er streitlustig.

Christa seufzte und schüttelte den Kopf. »Josefine lebt ja noch. Und du weißt doch gar nicht, was Jens dann mit dem Haus vorhat. Du solltest dir mal eine Jacke überziehen und Zeitungen kaufen. Dann hast du was zu tun.«

»Lange wird sie nicht mehr leben. Sie ist über neunzig. Und klapprig geworden. Das wird schneller gehen, als du denkst.«

Ohne zu antworten, verließ Christa das Zimmer. Wenn sie schlechte Laune bekam, dann bügelte sie. Und das tat sie in letzter Zeit sehr oft. Weil sie sich über ihren Mann ärgerte und nicht wusste, was sie daran ändern konnte. Als sie damals, vor fast dreißig Jahren, hier einzogen, war die Welt noch in Ordnung. Josefine und Herbert hatten dieses Vierfamilienhaus gebaut und drei Wohnungen vermietet. Christa und Günter waren die Ersten, die einzogen. Hier waren ihre beiden Söhne geboren, hier hatten sie viele gute Zeiten und auch manch schwere erlebt. Sie hatten viele Mieter ein- und wieder ausziehen sehen. Es hatte Todesfälle und Trennungen gegeben, manchmal waren es auch nur Jobwechsel gewesen, nur Christa und Günter waren die ganzen Jahre in Josefines Haus geblieben. Im Moment war es eine gute Hausgemeinschaft. Die junge alleinerziehende Mutter über ihnen hatte einen reizenden kleinen Sohn, sie waren angenehme Mieter, genauso wie die junge Frau daneben. Anscheinend war sie vor Kurzem arbeitslos geworden, sie war jetzt viel zu Hause, aber sie grüßte immer nett und man hörte sie nicht. Vermutlich würde sie sowieso ausziehen müssen, falls sie keine neue Arbeit bekam. Die Wohnungen hier waren groß und die Miete musste erst mal verdient werden.

Das Bügeleisen zischte, es hatte die richtige Temperatur, Christa ließ es über die Bettwäsche gleiten. Sie war lange nicht mehr nebenan bei Josefine gewesen, irgendwie hatte sie keine Ruhe dafür gehabt. Günter ging ihr auf die Nerven und sie wollte nicht, dass Josefine mitbekam, wie sehr er sich verändert hatte. Er brauchte dringend eine Aufgabe, aber bislang hatte er jeden Vorschlag abgelehnt. Er wollte sich nicht ehrenamtlich betätigen, sich schon gar nicht um irgendwelche Kinder kümmern, er hatte schließlich selbst Enkel, und die sah er kaum. Was wiederum daran lag, dass einer ihrer Söhne in Frankreich lebte und der andere eine Frau geheiratet hatte, die Günter nicht leiden konnte. Außerdem wohnten auch sie fünfhundert Kilometer entfernt, die Strecke war zu lang, als dass man sich öfter als zu Weihnachten oder an den Geburtstagen sah. Christa fuhr ab und zu mit der Bahn hin, das tat Günter aber aus Prinzip nicht. Er hasste die Bahn.

Sie stellte das Bügeleisen hoch und faltete den Kissenbezug zusammen. Ihr Blick ging dabei nach draußen, das schwarze Auto von Jens stand noch vor der Tür. Auch ihn kannte sie seit Jahren. Früher war er mit seiner Oma gekommen, wenn die ihre Schwester besuchte, als er älter wurde, auch mal allein mit dem Fahrrad, und seit Margarete gestorben war, kam er jede Woche. Von wegen Erbschleicher, er hing einfach an Josefine. Christa schob den nächsten Kissenbezug aufs Bügelbrett und beschloss, heute Nachmittag bei Josefine zu klingeln.

Während Jens langsam zu seinem Auto zurückging, drehte er sich noch mal um. Josefine hatte immer am Fenster gestanden und ihm nachgesehen. Immer. Sein Leben lang. Aber das tat sie nicht mehr. Jetzt fiel es ihm auf. Sie hatte es seit Wochen nicht mehr getan. Dafür bewegte sich die Gardine in der Nachbarwohnung. Christa stand am Fenster und hob die Hand. Kurz entschlossen drehte Jens sich um und ging zurück. Sie stand schon in der offenen Wohnungstür und blickte ihm entgegen.

»Guten Morgen, wie geht es dir?« Sie öffnete die Tür weiter, als wolle sie ihn hereinbitten.

»Danke, gut, Frau Schröder, ich habe nur eine kurze Bitte.«

Sie sah ihn neugierig an. »Ja?«

»Ich mache mir Sorgen um Josefine. Sie ist so schwach und müde. Könnten Sie mal ein Auge auf sie haben? Und mich anrufen, falls irgendetwas ist?«

Christa nickte sofort. »Natürlich. Ich wollte sowieso nachher mal rübergehen. Schreib mir mal deine Telefonnummer auf, ich kümmere mich.«

Erleichtert zog Jens eine Visitenkarte aus seiner Brieftasche. »Danke, Frau Schröder, ich versuche, nachher noch mal vorbeizukommen. Bis bald.«

Mit der Karte in der Hand wartete Christa, bis die Haustür hinter Jens zugefallen war. Sie hatte sich im letzten Jahr tatsächlich nur noch wenig für Josefine interessiert. Ihr eigener Alltag war immer wichtiger gewesen. Kopfschüttelnd ging sie zurück in die Wohnung. Sie war keine gute Nachbarin.

»Christa? Mit wem hast du geredet? War das etwa der Erbschleicher?«

Langsam ging sie ins Wohnzimmer, blieb an der Tür stehen und verschränkte die Arme vor der Brust. »Günter. Wir müssen uns unterhalten. Jetzt sofort.«

Josefine öffnete die Augen und sah sich um. Ihre Brille saß schief auf der Nase, der Brief, den sie lesen wollte, lag zu ihren Füßen. Sie musste eingeschlafen sein, sie war immer noch müde. Und jetzt musste sie sich aus dem Sessel quälen, um diesen Brief von ihrem Steuerberater, der ihr im Schlaf aus der Hand gefallen war, aufzuheben. Sie lehnte den Kopf wieder zurück und schloss die Augen. Sie würde das später machen. Sie konnte sich denken, was in dem Brief stand. Es ging um das Haus, das sie schon vor Jahren auf Jens hatte überschreiben lassen, und die Tatsache, dass ihr Steuerberater in seinem jugendlichen Alter von sechsundsechzig in den Ruhestand gehen wollte und deshalb die Verwaltung des Hauses abgab. Jens würde einen neuen Verwalter brauchen, falls er das Haus überhaupt behalten wollte. Ihr war es egal. Sie war nur müde. Und deshalb würde sie dieses Problem aufschieben und noch ein bisschen vom Schnee träumen.

Herbert und sie hatten sich im Januar kennengelernt. Sie hatte eine rote Mütze getragen und passende Handschuhe. Mit einer Freundin war sie Schlittschuh gelaufen, auf einem kleinen See im Wald, die Bäume waren schneebedeckt gewesen, der Himmel blau, alles hatte geglitzert. Und dann hatte Herbert plötzlich vor ihr gestanden, einen Schlitten hinter sich, und hatte sie angelächelt. Er hatte Schneeflocken in den Haaren und das schönste Lächeln der Welt. Sie war in einer Sekunde in ihn verliebt und konnte nie wieder Schneeflocken sehen, ohne an ihn zu denken.

»Ich komme bald zu dir, mein Schatz«, sagte sie leise. Und lächelte, als sie ihn vor sich sah. Mit Schnee in den Haaren und dem Schlitten hinter sich.

Anna hatte Kakao gekocht und sich gemütlich auf ein großes Kissen neben das Sofa gesetzt, auf dem Felix immer noch mit Katze auf dem Bauch lag.

»Und dann hat Oma Josefine immer Ferien im Schnee gemacht«, erzählte Felix. »Aber jetzt hat sie das ganz lange nicht mehr gekonnt, weil sie was mit den Knochen hat und nicht mehr so lange fahren kann mit dem Zug und so. Und hier ist ja nur manchmal im Winter Schnee und dann ist sie immer ganz froh und guckt aus dem Fenster.«

»Was du alles weißt.« Anna war immer noch überrascht. »Was hat sie denn mit den Knochen?«

Felix zuckte mit den Achseln. »Die sind alt, hat sie gesagt. Tun Knochen immer weh, wenn sie alt sind? Meine auch? Und Mamas?«

»Nicht unbedingt.« Anna hatte in Wirklichkeit keine Ahnung und sich auch noch nie Gedanken darüber gemacht, aber ein neunjähriges Kind konnte man doch nicht beunruhigen. »Vielleicht hat sie auch etwas anderes.«

»Weißt du, wann es hier wieder schneit?« Die Katze sprang plötzlich vom Sofa und Felix setzte sich mit bedauerndem Blick auf. »Tschüss, Kira.«

»Im Winter«, antwortete Anna. »Wenn wir Glück haben, zu Weihnachten. Das ist aber noch ein paar Monate hin. Zum Glück. Sommer ist doch viel schöner als der kalte Winter.«

»Wie lange hin ist das ungefähr?«

»Vier Monate. Ziemlich lang.«

»Das ist schlecht.« Felix krauste die Nase. »Ich habe nämlich letztes Jahr zu Weihnachten einen Schlitten bekommen. Aber ich bin damit noch gar nicht gefahren, weil kein Schnee war. Und ich habe Oma Josefine gesagt, dass wir dann eben nächsten Winter zusammen fahren. Aber wenn das noch so lange dauert …«

»Wo wolltest du denn mir ihr fahren? In den Bergen?«

»Nein«, Felix sah sie mitleidig an. »Du kennst dich wohl noch nicht so aus. Wenn Schnee ist, dann kann man den Hügel hinterm Haus runterfahren. Das hat Oma Josefine schon früher mit Jens gemacht. Und mit ihrem Mann. Sie hat mir Fotos davon gezeigt. Das ist super fürs Schlittenfahren.«

»Aha.« Anna betrachtete ihn gerührt. »Dann

wollen wir mal Daumen drücken, dass es dieses Jahr genug Schnee gibt.«

»Ja.« Er stand auf. »Und jetzt gehe ich zu Oma Josefine und frage sie, ob ihr das reicht.«

Anna hatte sich schnell eine saubere Jeans angezogen, jetzt stand sie neben Felix, der schon zweimal geklingelt hatte, und wartete. »Vielleicht ist sie mit ihrem Besuch weggegangen?«, sagte sie unschlüssig. Felix sah sie mit großen Augen an. »Aber ich muss sie fragen, ob das reicht. Vier Monate.«

»Was ist in vier Monaten?« Die Tür hinter ihnen hatte sich geöffnet und Christa stand plötzlich neben ihnen. »Macht sie nicht auf?«

»Morgen, Frau Schröder.« Anna nickte ihr zu. »Ich wollte Felix zu Frau Hansen bringen, in seiner Schule ist ein Wasserrohrbruch und seine Mutter muss arbeiten. Er kann aber auch wieder mit zu mir hochkommen.«

»Ich möchte aber lieber zu Oma Josefine.« Felix sah zwischen den Frauen hin und her, bevor er wieder auf die Klingel drückte. »Weil ich sie ...«

In diesem Moment öffnete sich die Tür. Josefine stand unsicher vor ihnen, mit einer Hand stützte sie sich an der kleinen Kommode ab. Erstaunt sah sie die

Menschenansammlung vor sich an. »Ich bin nicht mehr so schnell. Ist was passiert? Felix? Was …«

»In der Schule steht alles unter Wasser«, er strahlte sie an. »Darf ich mit dir alte Bilder gucken? Und ich muss dich was fragen.«

Sie lächelte mühsam. »Dann komm mal rein.« Er schob sich an ihr vorbei, während sie Christa und Anna fragend ansah. »Was …?«

»Nein, nein, alles gut.« Christa trat einen Schritt vor. »Ich wollte nur wissen, warum du nicht aufmachst, und Anna Wegner wollte nur den Jungen runterbringen. Möchtest du heute Nachmittag vielleicht auf eine Tasse Kaffee rüberkommen? Ich hole uns ein Stück Kuchen?«

»Ein anderes Mal vielleicht.« Josefine gab sich Mühe, heiter zu wirken. »Ich bin heute ein bisschen erschöpft. Bis bald.«

»Frau Hansen?« Anna hatte ein schlechtes Gewissen. »Soll ich Felix nicht lieber wieder mit zu mir nehmen? Seine Mutter kommt erst um zwei nach Hause.«

»Das ist schon gut. Felix stört mich nicht. Bis bald.«

Dann trat sie umständlich zurück und schloss die Tür. Christa sah Anna an. »Sie sieht schlecht aus. Ich habe sie länger nicht gesehen, ich habe mich gerade richtig erschrocken.«

»Es scheint ihr nicht besonders gut zu gehen.« Anna starrte nachdenklich auf die geschlossene Tür. »Ich glaube, jetzt weiß ich auch, was Felix meinte. Vier Monate bis zum Schnee.«

»Was?«

Anna ließ ihren Hausschlüssel kreisen, ohne es zu merken. »Ach, nur so. Frau Hansen wollte so gern noch mal mit Felix Schlitten fahren. Ich gehe dann mal wieder hoch. Schönen Tag noch.«

Ein stürmisches Klingeln riss Anna aus ihrer Konzentration. Überrascht stellte sie fest, dass sie fast zwei Stunden an ihrem Computer recherchiert hatte. Es war gar nicht so einfach, einen Ort zu finden, wo jetzt schon Schnee lag. Zumindest nicht, wenn es sich um einen Ort handeln sollte, der nah genug war, um einer 92-jährigen Dame eine nicht zu anstrengende Anreise zu ermöglichen. Genau genommen gab es den gar nicht. Frustriert stand Anna auf und ging zur Tür. Der Besucher hatte anscheinend einen Krampf im Finger bekommen, das Klingeln hörte nicht auf.

»Ja, ja.« Kopfschüttelnd riss Anna die Tür auf.

»Brennt es, oder was?«

Es war Felix, der mit aufgerissenen Augen und völlig aufgelöst vor ihr stand. »Du musst kommen, Oma Josefine ist komisch.« Er drehte sich sofort um und rannte wieder die Treppe hinunter, Annas Puls schnellte sofort in die Höhe, sie griff nach ihrem Schlüssel und folgte ihm.

Die Haustür hatte er offen gelassen, Anna lief ihm nach und entdeckte sofort Josefine, die kreideweiß und flach atmend in einem Sessel lag. »Frau Hansen?« Anna ging neben ihr in die Knie und nahm ihre Hand, um den Puls zu fühlen. Er war zu fühlen, wenn auch nur schwach. »Ist Ihnen übel? Kann ich etwas tun?«

Ein schwaches Stöhnen war die Antwort, Anna überlegte nicht lange.

»Felix, geh doch bitte mal zu Frau Schröder«, sie nahm das Telefon vom Tisch und wählte eine Nummer, »und warte da auf mich.«

Der Notarzt war nach acht Minuten da. Und noch während er Josefine untersuchte, stand Marie im Hausflur und rief mit leichter Panik in der Stimme: »Felix?«

»Ich bin hier, Mama«, seine Stimme klang kläglich, er stand neben Anna und Christa Schröder in deren

Wohnungstür und starrte verängstigt auf die angelehnte Tür gegenüber. »Muss Oma Josefine sterben?«

Bevor Marie antworten konnte, flog die Haustür wieder auf. »Wo ist ...«, Jens blieb kurz stehen und sah Anna, Marie, Felix und Christa irritiert an.

Die deutete auf die Tür. »Der Arzt ist noch drin.«

Jens schob die Tür auf und ging rein, Christa sah Marie besorgt an. »Ich habe ihn gleich angerufen, er ist ja der Einzige, den sie noch hat. Felix war bei ihr, sie sah vorhin schon so schlecht aus und dann ...«

»Sie hat gesagt, ihr ist so schwindelig.« Felix liefen die Tränen übers Gesicht. »Ich habe sie doch nur gefragt, ob vier Monate viel sind.«

»Wieso vier Monate?« Marie sah Anna an, bekam aber keine Antwort, weil die Tür in diesem Moment aufging und zwei Sanitäter heraustraten. »Wir brauchen mal Platz«, sagte einer von ihnen. »Können Sie bitte den Flur freimachen?«

»Natürlich.« Christa öffnete die Wohnungstür. »Wir warten hier. Alle rein. Ich koche uns mal einen Tee. Und Jens wird uns gleich sagen, was los ist.«

Sie saßen das erste Mal alle zusammen um einen Tisch, obwohl sie schon seit Jahren in einem Haus wohnten. Und sie warteten alle zusammen auf die Rückkehr von Jens aus dem Krankenhaus. Die Stimmung war zunächst gedrückt gewesen. Felix hatte auf Maries Schoß gesessen und leise geschluchzt, Anna hatte ihr Kinn auf die Faust gestützt und den Blick auf ein Gemälde gerichtet, das eine kitschige Berglandschaft zeigte, und Günter war erst mit irritiertem Gesichtsausdruck ins Wohnzimmer gekommen und hatte sich erst an den Tisch gesetzt, nachdem Christa ihn böse angesehen hatte. Christa hatte schließlich Tee und Kakao gekocht, Marie war eingefallen, dass sie noch Kuchen hatte, und Anna hatte ihren gesamten Vorrat an Aufschnitt und Käse für belegte Brote gespendet. Sie saßen schon über eine Stunde an diesem Tisch. Marie und Anna hatten sich leise unterhalten, Christa hatte Marie nach ihrem Job gefragt, Anna war erleichtert, dass die Frage nicht ihr galt, Günter sah dauernd auf die Uhr, bei jedem ankommenden Auto stand er auf und ging ans Fenster. Felix spielte mit der Kordel seines Kapuzenpullis, gedankenverloren, traurig, bis er plötzlich den Kopf hob und laut sagte: »Aber sie stirbt heute noch nicht, ich habe ihr versprochen, dass wir noch mal mit meinem neuen Schlitten fahren. Und Anna hat gesagt, in vier Monaten kommt Schnee und so lange wollte sie noch warten. Das hat sie gesagt, bevor ihr schwindelig geworden ist. Und Oma Josefine lügt mich nicht an.«

»Sie wollte dich auch nicht anlügen.« Marie strich ihrem Sohn die Haare aus der Stirn. »Aber Oma Josefine ist schon sehr alt. Und dann kann das ganz schnell gehen. Vielleicht möchte sie lieber vom Himmel aus zusehen, wie du Schlitten fährst. Vielleicht kann sie nicht mehr so lange warten.«

»Doch«, Felix nickte energisch. »Sie will noch auf den Schnee warten.«

Er rieb sich plötzlich die Augen und lehnte den Kopf an Maries Schulter.

Anna betrachtete ihn nachdenklich. »Vielleicht hätte man sie noch mal in den Schnee bringen müssen. Vielleicht hätte man einen Ausflug organisieren können.«

»Wollen Sie eine alte Frau auf einen Gletscher fliegen?« Günter sah sie an, als wäre sie nicht bei Trost. »Was ist das denn für eine Schnapsidee?« Er schüttelte den Kopf und beobachtete Felix, der trotz der vielen Menschen im Raum gerade einschlief. Er wünschte manchmal, er wäre auch noch Kind.

Draußen hupte ein Auto, er stand auf und ging ans Fenster. »Welcher Idiot..., ach, das ist Jens.«

Er ging zur Tür, um zu öffnen, und kam mit einem

besorgt wirkenden Jens zurück, der erstaunt in die große Runde sah. »Ach, es sind alle noch da?« Sein Blick blieb an Marie etwas länger hängen, er lächelte sie unvermittelt an.

»Und?« Christa konnte nicht so lange warten. »Was ist mit ihr?«

Jens lehnte sich an den Türrahmen und sah kurz zu Felix, der an der Schulter seiner Mutter eingeschlafen war. Marie nickte Jens zu. »Er schläft. Erzählen Sie ruhig.«

Jens hob die Schultern. »Die Ärzte wollen sie erst mal dabehalten, sie muss an den Tropf und soll ein bisschen aufgepäppelt werden.«

»Und was war es?« Christa reichte die Antwort nicht. »Kreislauf?«

»Ich glaube, sie will nicht mehr.« Jens antwortete leise. »Ich bin mir nicht sicher, ob sie es schafft. Es ist alles Mögliche, sie ist nicht sehr stabil, hat der Arzt gesagt. Ich hoffe nur, dass sie nicht lange leiden muss.«

Er musste niesen, Felix wurde wach. Sofort setzte er sich gerade hin. »Hast du sie wieder mitgebracht?«

»Schätzchen«, Maries Stimme war ganz ruhig, während sie ihm über den Rücken strich, »du musst jetzt nicht traurig sein, aber Oma Josefine ist so sehr müde und es kann sein, dass sie gar nicht mehr zurückkommt. Weißt du, vielleicht möchte sie einfach nicht mehr allein sein und freut sich, dass sie bald ihren Mann und ihre Freunde und ihre Katzen im Himmel wiedersehen kann.«

»Ja, schon«, Felix sah sie mit großen Augen an. »Aber jetzt noch nicht. Weil doch kein Schnee ist.«

»Was hast du denn immer mit dem Schnee?« Marie schüttelte den Kopf. »Wir haben doch noch Sommer. Es schneit noch lange nicht.«

»Dann will sie noch nicht in den Himmel«, stellte Felix fest. »Das geht noch nicht.«

Marie sah Jens entschuldigend an. »Er hat wohl geträumt.«

»Nein«, Jens lächelte traurig, »Josefine hat mir das auch gesagt. Sie wollte noch einmal den Schnee sehen. Und Schlitten fahren.«

»Aber wie?« Christa sah von Jens zu Felix, dann zu ihrem Mann. Anna hatte sie beobachtet.

»Und wenn wir mit ihr noch mal irgendwohin fahren, wo schon Schnee liegt? Es ist nur alles so weit, ich habe vorhin mal gegoogelt. Schnee gibt es jetzt nur auf Gletschern. Das kann sie ja nicht mehr.«

Jens schüttelte den Kopf. »Ausgeschlossen.«

»Schnee.« Günter sah in die Runde. Seine Frau

hatte die Arme vor der Brust verschränkt. Sie hatte ihm vorhin gesagt, dass er ein unfreundlicher Mann geworden war, dass er sich nicht mehr um sie und andere Menschen kümmerte, dass er nichts mehr auf die Reihe bekam, dass er keine Ideen, keine Pläne mehr hatte, dass sie ihn verlassen würde, wenn er nicht endlich einmal beweisen würde, dass er immer noch der freundliche, spontane und wunderbare Mann wäre, den sie mal geheiratet hatte. Sie hatte es ernst gemeint. Er musste etwas ändern. Und plötzlich merkte er, dass Felix ihn voller Zuversicht ansah. Günter war nicht umsonst Abteilungsleiter einer Spedition gewesen. Wenn er irgendetwas konnte, dann war es Organisation. Und seine Frau hatte in vielem recht gehabt. Er stand auf und sagte: »Wenn Josefine nicht mehr auf den Schnee warten kann, dann holen wir ihn eben her. Wie können wir das hinbekommen? Anna? Ich sag mal du. Du siehst aus, als hättest du eine Idee …«

Am nächsten Tag stand Anna in ihrer besten Bluse unter dem braunen Jackett am Empfang der größten Eventagentur der Stadt. Die junge Frau sah sie irritiert an. »Sie brauchen das bis wann?«

»Morgen.« Anna lächelte sie an und schob ihr den

Zettel über den Tisch. »Ich brauche das alles morgen.«

»Das schaffen wir nicht.« Entschlossen wurde der Zettel zurückgeschoben. »Das ist viel zu kurzfristig. Die Sachen hier sind nicht das Problem. Aber die Maschinen stehen ja nicht im Büro. Die müssten transportiert werden. Und es muss sich ja jemand vor Ort darum kümmern. Wir sind im Moment so dünn besetzt, zwei Kolleginnen schwanger, zwei haben Grippe, ich habe keine Ahnung, wie ich das bewerkstelligen soll.«

»Wo sind die Maschinen eingelagert?«

»In einer Halle im Industriegebiet. Aber wie gesagt, ich habe niemanden für den Transport. Das können Sie vergessen.«

In diesem Moment betrat eine andere Frau den Raum. Sie sah Anna freundlich an, dann fiel ihr Blick auf ihre Kollegin und deren abwehrende Gestik. »Um was geht es denn?«

»Ach, die Kundin möchte eine Winterparty organisieren. Aber sofort. Das klappt ...«

Bevor Anna das korrigieren konnte, klingelte ihr Telefon. »Entschuldigung, ja ... Anna Wegner ... Ach, hallo Herr Schröder ... wie? Ach so, ja, hallo Günter, nein, es ist nicht so einfach. Wir müssen Folgendes organisieren ...«

Sie ging mit dem Telefon nach draußen.

»Das kriege ich hin. Gar kein Problem.« Günter lehnte sich zufrieden an das Regal im Baumarkt, in dem er gerade stand. »Wir haben hier so weit alles bekommen, ich rufe dann jetzt meinen alten Chef an und sage dir Bescheid. Aber der Rest geht klar, oder?«

Er hörte ihr zu, dann nickte er und meinte: »Fein. Dann sehen wir uns später. Viel Erfolg weiterhin.« Nach einem Blick auf Felix, der gerade mit großen Augen dem Baumarktmitarbeiter beim Sägen zusah, tippte er gleich die nächste Nummer. »Hallo Chef, hier ist Günter Schröder ...« Nach dem Gespräch steckte er zufrieden sein Telefon in die Jackentasche und ging vor Felix in die Hocke. »So, mein Junge, der alte Onkel Günter hat gerade einen Lauf. Wie weit sind wir denn mit dem Holz?«

»Ich habe hier auch noch eine. Die ist vierzig Meter lang, ich habe keine Ahnung, wofür ich die mal gekauft habe, ausgepackt wurde sie nie.«

Marie stand mit der Lichterkette vor Christa, die vor einer großen Kiste hockte, auf der mit rotem Filzstift »Weihnachten« stand. Sofort kam sie hoch und musterte das Paket, das Marie ihr hinhielt. »Wunderbar«, sagte sie. »Und ich habe hier vier verschiedene, dann kommen wir auf vierzig, fünfundzwanzig ..., egal, das sind über hundertfünfzig Meter. Perfekt. Die Birnen habe ich geprüft, dann brauchen wir keine neuen. Was ist mit den Fackeln?«

»Die wollte Anna besorgen.«

»Gut«, Christa nickte und stand auf. »Kaffee?«

»Gern.«

Zehn Minuten später beugten sie sich zusammen über eine Liste und hakten einiges ab. Als es an der Tür klingelte, sprang Christa auf. »Das ist bestimmt Jens. Hoffentlich hat er gute Nachrichten für uns, ich habe ein bisschen Angst, dass es nicht klappt.«

Verwundert bemerkte sie, dass Marie rot wurde und sich schnell über die Haare strich. Seltsam, sonst war sie so selbstsicher, jetzt sah sie aus wie ein schüchternes Mädchen.

»Alles in Ordnung?«

»Natürlich.«

Es war Jens, der vor der Tür stand, erleichtert stellte Christa fest, dass er gute Laune hatte. »Und?«

»Es sieht gut aus.« Jens lächelte und folgte ihr ins

Wohnzimmer. Als er Marie dort sitzen sah, fing er an zu strahlen. Auch das registrierte Christa und war etwas erstaunt. Das hatte sie ja gar nicht mitbekommen, anscheinend bahnte sich hier eine kleine Liebesgeschichte an. Die beiden passten eigentlich ganz gut zusammen. Fragend sah sie Marie an, die ihrem Blick auswich und sich verlegen räusperte. Jens setzte sich langsam und fing erst an zu reden, als Christa ihn anstieß. »Ich bin auch noch da. Also, klappt es? Wie geht es ihr?«

»Ähm, ja«, er zwang sich zur Konzentration, und Christa war sich plötzlich sicher, dass er verliebt war. Entzückend fand sie das.

»Also, Josefine geht es etwas besser. Sie war die ganze Nacht am Tropf, sie ist noch müde und schwach, aber ich habe mit dem Arzt gesprochen und ihm erzählt, was wir vorhaben. Er hat grünes Licht gegeben. Ich glaube, er fand die Idee auch schön.«

»Die Idee ist großartig«, korrigierte Christa. »Und wir kriegen alles umgesetzt. Das war immer das Tolle an Günter, wenn er etwas anpackt, dann klappt das auch.«

»Apropos Günter«, Jens wandte sich ihr zu, »ich wollte da noch was mit ihm besprechen. Josefines Steuerberater hat ja die ganzen Jahre die Verwaltung für dieses Haus gemacht, also Abrechnungen, Organisation und alles. Er hört jetzt damit auf. Meinst du, dass Günter das übernehmen könnte? Er ist doch Rentner und kann organisieren. Und ich schaffe das nicht nebenbei.«

»Will Josefine das denn?«

Jens nickte. »Bestimmt. Aber das Haus gehört ja mir. Schon seit ein paar Jahren, sie hat es mir überschrieben. Und ich fände das eine gute Lösung.«

»Ach«, erstaunt sah Christa ihn an. »Und Günter hat schon gemutmaßt, dass du es erbst und anschließend verkaufst.«

»Bist du verrückt?« Jens lachte. »Ich verkaufe es doch nicht. Ich habe hier einen Teil meiner Kindheit verbracht. Meinst du, ich kann ihn fragen?«

»Unbedingt«, jetzt strahlte auch Christa. »Wirklich unbedingt.«

Am nächsten Tag rollte der erste Lastwagen rückwärts an die Grundstückseinfahrt. Felix hüpfte ungeduldig von einem Fuß auf den anderen und rannte los, als Günter aus dem Führerhäuschen stieg. »Na endlich«, er blieb vor dem Lastwagenfahrer, der jetzt auch ausgestiegen war, stehen und sah ihn an. »Hallo, ich bin Felix. Können wir sofort alles ausladen?«

»Aber klar«, der Mann sah auf ihn hinab und fragte: »Hast du gar keine Schule heute?«

»Heute ist Samstag.« Günter begann, die Plane aufzuknöpfen. »Und der junge Mann ist übrigens mein Kumpel und hier der Projektleiter. Weil er die Idee hatte.«

»Angenehm.« Der große Mann und der kleine Junge schüttelten sich ernsthaft die Hände. »Dann lass uns mal anfangen.«

Als Anna später die Straße entlangkam, standen bereits zwei Lastwagen vor dem Haus. Sie beschleunigte ihre Schritte und traf an der Haustür Christa, die mit einem Korb, in dem mehrere Thermoskannen standen, aus dem Hausflur kam.

»Sie sind ja schon da«, rief Anna ihr entgegen und Christa nickte zufrieden. »Bis jetzt klappt alles super. Die Planen sind bereits ausgerollt, die Beleuchtung ist fast fertig, jetzt haben sie mit dem Bau der Hütte angefangen, Günter hat seine ehemaligen Kollegen richtig auf Trab gebracht. Ganz nette Männer. Und sie sind zu acht.«

»Gut.« Anna blickte an ihr vorbei. Die hämmernden Geräusche waren bis auf die Straße zu hören,

Anna lief zu der entstehenden Holzhütte. Vier Männer nagelten sie gerade zusammen, Felix hielt ihnen das Foto hin und reichte ab und zu ein Werkzeug hoch.

»Hallo.« Anna beugte sich über Felix, um das Foto mit dem entstehenden Bauwerk zu vergleichen. Auf dem sehr alten Schwarz-Weiß-Foto sah man die junge Josefine mit ihrem damaligen Verlobten Herbert, die vor einem Stand mit dem Schild »Heiße Getränke« saßen und verliebt in die Kamera lächelten.

»Ja«, sagte Anna und musterte die Bauarbeiten, »genau so sah der aus. Wo ist Günter denn?«

Felix deutete nach links. »Der hilft Mama mit den Lichtern.«

Nach einem kurzen Blick auf die Uhr zog Anna ihr Telefon aus der Handtasche und wählte. »Hallo, Anna Wegner, ich bin jetzt vor Ort, Sie können dann die Bäume bringen. Ja, danke.«

Felix sah hoch und lächelte sie an. »Schön.« Sie nickte. Und hatte Herzklopfen, weil sie sich so freute.

Stunden später waren die beiden Lastwagen verschwunden. Josefines Mieter standen um das neu entstandene Holzhaus, vor dem Anna auf einer Leiter stand und mit großer Konzentration ein letztes rotes »e« malte. Sie lehnte sich zurück, um ihr Werk zu mustern, dann stieg sie zufrieden von der Leiter.

»Anna, ich muss sagen«, Günter nickte anerkennend, »du hast es getroffen. Sieht genauso aus. Heiße Getränke. Dieselbe Schrift wie auf dem Foto. Ganz prima.« Er nahm ihr den Pinsel ab und ließ ihn in ein Glas fallen, das Christa ihm hinhielt. »Danke.«

Seine Frau sah sich auf dem Grundstück um. »Wir sind fast fertig. Ich habe nicht so richtig dran geglaubt. Anna, das hast du toll gemacht.«

»Ohne Günter hätte ich das nicht hinbekommen«, antwortete Anna und hielt Günter die ausgestreckte Hand hin, die er sofort abklatschte. »Du bist der weltbeste Organisator. Chapeau. Und es ist ja wohl unmöglich, dass du mit deinen Fähigkeiten nichts mehr machst.«

»Ach, Anna«, Christa lächelte und küsste ihren Mann schnell auf den Mund, »wenn du wüsstest, wie recht du hast.«

»Hallo zusammen.« Marie kam durch den Garten, die Wangen gerötet, mit schnellen Schritten und einem verblüfften Blick. »Wow.« Sie blieb stehen und sah sich beeindruckt um. »Wie habt ihr das alles geschafft? Das ist ja … Wahnsinn.«

Stolz breitete Günter die Arme aus. »Ja. Das ist es, oder? Wir haben Hilfe von acht ehemaligen Kollegen gehabt. Mein alter Chef hat uns zwei Umzugswagen für den Transport zur Verfügung gestellt und die Kollegen haben ihren freien Tag geopfert. Es hat alles geklappt für den großen Tag. Jetzt werden morgen früh die Maschinen angestellt und dann kann es losgehen.«

»Und ich habe auch gute Nachrichten.« Marie strahlte alle an. »Erstens geht es Josefine besser, ich war mit im Krankenhaus und …«

»Du warst mit im Krankenhaus?« Christa fragte mit einem wissenden Lächeln nach. Marie stockte, dann sagte sie: »Ja, ähm, das Auto, also Jens' Auto ist nicht angesprungen, da habe ich ihn schnell gefahren.«

»Wieso war Jens denn bei dir?«, fragte Felix und sah sie arglos an. Sie wuschelte ihm schnell durch die Haare und meinte: »Den habe ich, also wir haben uns eher zufällig getroffen. Jedenfalls kann er Josefine morgen Nachmittag abholen. Und das Allerbeste habe ich gerade in den Nachrichten gehört: Heute Nacht zieht ein Tief über den Norden, es gibt Regen, der aber morgen früh aufhört, der Himmel bleibt bedeckt und die Temperatur geht nicht über zehn Grad.«

»Das ist gut«, Anna atmete tief ein, »sogar sehr gut. So. Und jetzt lasst uns noch den Rest machen. Damit es morgen nur noch schneien muss.«

Josefine träumte. Sie packte einen Koffer. Alle ihre Lieblingskleider kamen hinein. Es war komisch, sie packte und packte, aber der Koffer wurde überhaupt nicht schwerer. Das war schön. Herbert kam durch den Raum, streichelte ihren Rücken und sagte, dass sie die rote Mütze und die roten Handschuhe mitnehmen sollte. Es würde schneien. Die ganze Zeit würde es schneien. So lange sie wollten. Das wäre da so. Er habe es selbst kaum fassen können, so schön sei es gewesen. Schnee und Sonne. Wie an dem Tag, an dem sie sich das erste Mal gesehen hätten. Josefine freute sich. Auf die Schneeflocken. Und das Schlittenfahren. Der Schlitten. Da war noch etwas anderes. Es fiel ihr nicht ein. Sie musste nachdenken. Was war es nur? Plötzlich blitzte ein Bild vor ihr auf. Ein kleiner Junge. Große, ernste Augen. Felix. Er hatte einen Schlitten. Und sie hatte ihm versprochen, einmal mit ihm darauf zu fahren. Das musste sie noch tun. Sie musste es Herbert sagen. Er sollte noch einen

Moment warten. Nicht mehr lange. Nur einen Moment. Ein paar Monate gegen all diese Jahre, das war doch nur ein Moment. »Herbert? Kommst du mal? Herbert?«

Er streichelte ihre Wange. Immer wieder. Beruhigend. Aber wieso antwortete er nicht? »Herbert?«

»Josefine? Ich bin es. Wach auf.«

Sie öffnete die Augen, war ganz verwirrt und sah sich um. Sie war gar nicht in ihrem Schlafzimmer. Sie war in einem fremden Raum. Im Krankenhaus, es fiel ihr wieder ein. Und vor ihr saß nicht Herbert, sondern Jens. Mühsam lächelte sie ihn an. »Oh, du bist es. Ich habe geträumt. Es war schön.«

Er strich ihr über die Hand. »Lust auf einen Ausflug?«

»Was?« Sie versuchte, sich aufzusetzen, es fiel ihr schwer, Jens half ihr. »Was für einen Ausflug?«

»Eine kleine Überraschung. Sie wird dir gefallen.«

Josefine sah ihn fragend an. Dann fiel ihr Blick auf den Rollstuhl, der neben ihr stand. »Jetzt?«

Er nickte. »Jetzt.«

Einige Zeit später saß Josefine neben Jens auf dem Beifahrersitz und fuhr mit ihm durch die Stadt. Es war nicht viel los, heute war Sonntag, der Himmel war bedeckt, nach all diesen schönen Spätsommertagen war es der erste kühlere Tag. Josefine war froh. Sie mochte nicht mehr in die Sonne sehen, sie tat ihr in den Augen weh und machte sie schwindelig. Sie war sehr müde und wollte Jens nur diesen Ausflug nicht abschlagen. Aber wenn sie ehrlich war, hätte sie lieber weitergeträumt.

»Wohin fährst du?«

»In ein Winterwunderland.« Jens sah sie an. »Du wirst es gleich sehen.«

Erstaunt erkannte sie plötzlich, wo sie waren. Die Kirche, die Sparkasse, der Supermarkt, sie waren auf dem Weg nach Hause. Sie verstand es zwar nicht, aber sie freute sich trotzdem. Das Auto bog um die Kurve, da war ihr Haus, ihr Vorgarten, Jens parkte vor der Tür. Niemand war zu sehen, alles schien verlassen.

»Warte einen Moment«, sagte Jens, stieg aus, holte den Rollstuhl aus dem Kofferraum und kam damit zur Beifahrerseite. Josefine sah auf die Metalllehne. »Da will ich nicht rein«, sagte sie. »Ich will gehen.«

»Okay.« Jens ließ den Stuhl einfach stehen, half ihr beim Aussteigen, wartete, bis ihr Stand sicherer wurde, dann schob er ihren Arm um seinen und ging mit langsamen Schritten aufs Haus zu. Josefine blieb einen Moment stehen, sie hörte ein lautes Geräusch, das plötzlich verstummte. »Was war das?«

Jens zuckte mit den Schultern. »Keine Ahnung. Ich höre nichts.«

»Und da ist auch Musik.« Josefine blieb wieder stehen. Sie hatte gute Ohren, es hörte sich an, als wäre sie auf einem Weihnachtsmarkt. »Ich höre doch Musik.«

»Vielleicht die Nachbarn.«

Sie gingen weiter. Aber Jens dirigierte sie nicht zur Haustür, sondern am Haus vorbei. Sie passierten das Gartenhaus, kamen um die Ecke und standen plötzlich vor einem Winterwunder. Josefine entfuhr ein leiser Schrei. Mit aufgerissenen Augen betrachtete sie das abfallende Grundstück hinter ihrem Haus. Es war schneebedeckt. Nicht nur der Rasen und die Beete, auch die zahlreichen kleinen Tannenbäume, die den Hang rechts und links wie eine Piste begrenzten. Josefine hatte diese Bäume noch nie gesehen. Am Fuß des Hangs stand eine Holzhütte. Die hatte sie schon mal gesehen. Es war lange her, aber sie sah noch genauso aus. Rechts und links davon lagen Strohballen, auf denen Leute saßen. Josefine kniff die Augen zusammen, bis sie Christa und Günter erkannte. Sie trugen beide Mützen. Dabei war es gar nicht so kalt. Aber der Schnee. Der ganze Schnee. Er war überall. Auf dem Dach der Hütte, in den Bäumen, auf dem Weg. Ihr stiegen die Tränen in die Augen. Sie sah nach rechts. Hinter dem Zaun standen seltsame Maschinen, sie wusste gar nicht, was das war. Sie drehte sich wieder zur Hütte. »Heiße Getränke«. Sie ging unsicher ein Stück nach vorn, Jens verstärkte den Druck unter ihrem Arm, damit sie nicht ausrutsche, ihre Schritte hinterließen Spuren im Schnee. Das Holzhaus war mit Lichterketten geschmückt, sie bemerkte sie erst jetzt, es war noch nicht dunkel genug. Hinter dem Tresen der Hütte stand Anna und lächelte ihr entgegen. Jetzt sah Josefine auch die brennenden Fackeln, die den Weg säumten. Es roch nach heißem Wachs, nach Schnee, nach Punsch. Und dann kam Felix. Er trug eine blaue Pudelmütze, er hatte Schnee in den Haaren und auf der Jacke. Er grinste sie übers ganze Gesicht an und zog einen Schlitten hinter sich her. Einen Schlitten, auf dessen Sitz ein Kissen gespannt war, der sogar eine kleine Lehne hatte. Felix blieb vor ihr stehen. Er hob den Kopf, zwinkerte ein bisschen Schnee von den Wimpern und sah sie dann mit seinen großen, ernsten Augen an. »Oma Josefine. Möchtest du jetzt mit mir Schlitten fahren?«

In der Dämmerung leuchteten die zahlreichen Lichterketten, nicht nur vom Dach der Hütte, sondern auch aus der Hecke und von den Bäumen. Sie hatten sich alle vor der Hütte versammelt, saßen auf den Strohballen und auf den Bänken, die Anna bei der Eventagentur abgeholt hatte. Christa und Günter hielten Händchen, wie selbstverständlich, obwohl sie das lange nicht mehr gemacht hatten. Jens und Marie ebenfalls, aber noch versteckt und mit glücklichen Gesichtern. Anna stand mit Margret an der Seite, beide hielten ein Glas Sekt in der Hand. Margret war die Inhaberin der Eventagentur, die so beeindruckt von Annas Willenskraft und ihren Ideen gewesen war, dass sie sich diesen Winterzauber selbst ansehen wollte. Sie war begeistert. Einige der helfenden Kollegen waren Günters Einladung gefolgt, standen jetzt um einen großen Eisengrill und warteten darauf, dass die Würstchen fertig wurden.

Josefine lag in eine Wolldecke gehüllt, ein bequemes Kissen unter ihrem Kopf, auf einer Gartenliege neben den Fackeln und dem Lagerfeuer. Günter hatte zwischendurch noch einmal die Schneekanonen angeworfen, hatte gewartet, bis wieder überall frischer Schnee lag, dann hatten sie Josefine auf den Schlitten geholfen. Felix hatte sich hinter sie gesetzt, seine Arme um ihren zierlichen Körper geschlungen und laut gejuchzt, als sie zusammen den kleinen Hügel hinabgefahren waren. Der Schnee knirschte unter den Kufen, die Lichter funkelten, es roch nach Tannen und Punsch, sie hörte die leise Musik, roch die Holzkohle des Grills, hörte die leisen Stimmen und war erfüllt von einer großen Ruhe und Freude. Dreimal waren sie Schlitten gefahren, bevor Josefine Felix umarmt und ihm gesagt hatte, dass er sie sehr glücklich gemacht hatte.

Bevor Marie angeordnet hatte, dass er jetzt ins Bett müsse, hatte er sich noch einmal vor sie gehockt und ihr einen Schneeball in die Hand gelegt. Josefine hatte ihm über die Wange gestrichen und gesagt, dass heute einer der schönsten Tage ihres Lebens gewesen sei. Er hatte gelächelt. Und dann hatte sie seine Hand genommen und gesagt: »Und weißt du was, Felix? In jedem Winter beim ersten Schnee musst du dir vorstellen, dass die erste Schneeflocke, die du im Gesicht spürst, ein kleiner Kuss von mir ist. Und jetzt schlaf gut und träume den schönsten Traum deines Lebens.«

Er hatte sich noch einmal umgedreht und die Hand zum Gruß gehoben. Danach war er im Haus verschwunden.

Und jetzt lag sie hier, gemütlich zugedeckt, mit geschlossenen Augen, lauschte den leisen Stimmen um sie herum, hörte das Angebot, das die Frau aus der Agentur der freundlichen Anna machte, die es annahm, weil sie sich genau das gewünscht hatte. Sie hörte die zärtliche Stimme von Jens, der mit Marie flüsterte. Josefine konnte nicht verstehen, was er sagte, aber sie hatte schon im Krankenhaus gemerkt, dass hier seine Liebe war. Es war so schön, ihn mit der wunderbaren Marie und auch noch Felix ein neues Leben beginnen zu wissen. Und Günter und Christa, die Guten. Günter würde sich jetzt um alles kümmern, was das Haus anging, es war somit in guten Händen.

»Sie schläft«, hörte sie Jens leise sagen und spürte seine warme Hand auf ihrem Kopf. Er war ein toller Junge. Sie hoffte, dass er nicht zu lange traurig sein würde.

Josefine öffnete die Augen, sah in den Himmel und dann in den Schnee, der um sie herum lag. Ihre Hand sank nach unten, ihre Finger fühlten den kalten Schnee. Sie lächelte. Und dann hörte sie endlich seine Stimme: »Liebes, hast du jetzt alles? Dann kannst du doch kommen.«

Herbert stand da. Zwischen den schneebedeckten

Tannen am Hügel. Josefine sah die Schneeflocken in seinem Haar. Er lächelte das schönste Lächeln der Welt. Und sah sie an. Mit seinen klaren, freundlichen Augen, in denen so viel Liebe war. Dann streckte er ihr die Hand entgegen, nickte auffordernd und freudig. Josefine erhob sich, leise und langsam, damit es keiner merkte. Sie schob die Wolldecke zur Seite, das Kissen weg und stand auf. Ihre Füße standen im Schnee, sie konnte wieder laufen, sie empfand keinen Schwindel, keine Schmerzen. Sie ging zu Herbert, gleich konnte sie ihn anfassen, auf dem Weg drehte sie sich noch einmal um und blickte zurück. Ein Winterzauber. Von Freunden gezaubert. Sie lächelte ihnen zu und flüsterte: »Danke.« Dann endlich spürte sie Herberts Hand.

Entspannter Advent

Meine Freundin Anna ist am Ende. Und das in dieser besinnlichen Zeit. Der Grund dafür ist ein Trauma, das sie einmal erlitten hat.

Es ist schon ein paar Jahre her, dass sie Anfang Dezember einen Wasserrohrbruch hatten. So etwas ist immer ärgerlich, in dieser Zeit aber umso mehr, weil aufgrund der notwendigen Renovierungsarbeiten das Familienweihnachtsfest bei ihnen zu einem Desaster wurde.

Anna hat nämlich in diesem Stress einfach die rechtzeitigen Weihnachtsvorbereitungen versäumt. Die fielen ihr erst am Heiligen Abend wieder ein. Eine Stunde vor Ladenschluss und drei Stunden vor Ankunft der Familie. Wer schon mal ein Familienweihnachten ohne Tannenbaum, ohne Geschenke, dafür mit Tiefkühlpizza und traurigen Kindern mitgemacht hat, kann sich denken, wie tief der Familienfrieden hing. Ganz tief. Er war auf dem Boden. Und der Satz ihrer beleidigten Mutter: »Du hättest uns ja auch sagen können, dass du dieses Jahr keine Lust hast«, hängt immer noch unter Annas Wohnzimmerdecke.

Seitdem ist sie auf dem Wiedergutmachkurs. Seit Ende August rüstet sie auf: Kerzen, Engel, Lebkuchen, Zutaten für Pralinen und Eierlikör, Christbaumanhänger und meterweise Geschenkpapier. Geschenke und Kleinigkeiten werden frühzeitig gekauft, verpackt und mit Anhängern versehen. Was sie hat, hat sie. Im ganzen Haus stehen wochenlang Tüten und Kartons. Am Kühlschrank hängt eine Liste, die täglich aktualisiert wird, mit den Terminen der noch zu tätigenden Lebensmitteleinkäufe. Irgendwann kommt der Punkt, an dem Anna komplett den Überblick verliert. Dann nämlich, wenn sie merkt, dass sie bereits die fünfte Kleinigkeit für ihre Schwester gekauft oder zum zweiten Mal Tafelspitz bestellt hat. Aber sie ist immer getrieben von der Angst, dass irgendetwas das perfekte Fest zerstören könnte.

Nele und ich haben Anna schon seit Wochen nicht getroffen und uns jetzt besorgt eingemischt. Wir haben uns das Lebensmittel- und Geschenkelager in ihrem sonst so aufgeräumten Haus angesehen und ausgerechnet, dass sie damit drei Familienfeste ausrichten könnte. Sie hat aber nur eins. Und wir haben sie gefragt, warum sie denn wochenlang gehetzt, angestrengt und fix und fertig durch die Welt rast, nur um am Ende drei Tage auszurichten. Länger würde Weihnachten doch gar nicht dauern. Und das, was sie hier alles gehortet hat, würde glatt für zwei Wochen reichen. Oder eben für drei Familien.

Stattdessen sollte sie doch mal entspannen, mit uns auf den Weihnachtsmarkt zum Punschstand gehen und überlegen, ob eine Tiefkühlpizza am Heiligen Abend tatsächlich die Weltkatastrophe wäre. Wir bezweifeln das.

Weil Weihnachten ist ...

Ines ballte die Faust in der Tasche und lächelte den kleinen dicken Jungen im Engelskostüm angestrengt an. Nach einem tiefen Atemzug beugte sie sich langsam nach vorn und flüsterte ihm sanft ins Ohr: »Wenn du nur noch ein einziges Mal mit deiner blöden Bratwurst an meinen Mantel kommst, reiß ich dir die Ohren ab.« Sie richtete sich wieder auf und sagte mit lauter Stimme: »Na, dann hoffe ich, dass der Weihnachtsmann dir alle Wünsche erfüllt.« An eine junge Frau gewandt, sagte sie: »Ist das Ihr Sohn? Ganz reizend. Fröhliche Weihnachten.«

Unter dem verwirrten Blick der Mutter drehte sie sich auf dem Absatz um und bahnte sich einen Weg durch die Menschenmassen auf dem Weihnachtsmarkt. Da hatte sie sich extra einen Tag freigenommen, um in Ruhe alle Geschenke einkaufen zu können, und erwischte anscheinend genau den Tag, an dem das ganz Hamburg machte. Millionen von Menschen waren unterwegs, die Millionen von Plastiktüten trugen, aus denen Millionen von Geschenkpapierrollen ragten, und jeder Zweite von ihnen aß gerade Bratwurst mit Senf und trank Glühwein dazu. Es war grauenhaft. Und das Allergrauenhafteste war, dass sie noch kein einziges Geschenk hatte, noch nicht einmal eine Idee. Weder für ihre Eltern noch für ihre Geschwister, ganz zu schweigen von den anderen Familienmitgliedern, die alle bei ihrer idyllischen Weihnachtsfeier einfallen würden. Dafür hatte sie zwei Fettflecken auf dem neuen Mantel, wunde Füße und beginnende Kopfschmerzen. Und das alles am 22. Dezember. Dabei hatte sie eine absolut großartige Einladung für Heiligabend bekommen: Weihnachten auf einem Gutshof in Dänemark. Ohne Stress, ohne Geschenke, aber mit einer Menge toller Leute, viel Rotwein, gutem Essen, Entspannung und viel Ruhe. Ines' älteste Freundin Maren lebte seit zwei Jahren dort und hatte nach Abschluss aller Renovierungen jetzt alle neuen und alten Freunde eingeladen. Es wäre zu schön gewesen.

Aber Ines musste ja nach Sylt, um mit der Familie Weihnachten zu feiern. Wie immer. Und dabei spielte es keine Rolle, dass sie schon achtunddreißig war. Ihre Schwester Christine war fast in Ohnmacht gefallen, als Ines vorsichtig angedeutet hatte, dass sie vielleicht dieses Jahr nach Dänemark fahren würde.

»Wir feiern immer zusammen, Ines«, hatte sie voller Entrüstung gesagt. »Das kannst du Mama und Papa nicht antun! Die freuen sich monatelang drauf. Georg würde sicher lieber mit Nina Ski fahren, und Johann findet es auch nicht lustig, dass ich auf Sylt bin, aber da müssen wir durch. Auch du. Also komm.«

Unvermittelt blieb Ines vor einem Café stehen. Durch die Scheibe sah sie einen freien Tisch. Eine halbe Stunde Pause mit Kaffee und Kuchen wär jetzt nicht schlecht. In jedem Fall gut für die Nerven. Und vielleicht bekam sie dabei auch eine Idee, was sie ihrer Mutter schenken könnte. Und wie sie dieses Jahr Weihnachten überleben würde.

Christine schloss ihr Portemonnaie und steckte es in die Handtasche zurück. Sie wartete, dass ihr die Verkäuferin das mit Schleifen und Tüll verzierte Gebilde über den Tisch reichte. So eine Verpackung hatte keine Bodylotion verdient, aber diese Parfümeriedamen waren in ihrem Weihnachtsrausch am Geschenkpapier- und Schleifentisch nicht zu bremsen. Und ihre Mutter Charlotte hatte ja etwas übrig für türkisen Kitsch und silberne Bänder. Zufrieden verließ Christine den Laden. Jetzt hatte sie alle Geschenke beisammen. Fröhliche Weihnachten! Und sie hatte sogar noch Zeit, auf dem Weihnachtsmarkt einen Punsch zu trinken.

Sie ging immer zum gleichen Stand, dem dritten rechts vom Eingang. Nette Leute und kein gepanschter Wein. Sie stellte sich in die Schlange – fünf Kunden waren noch vor ihr – und betrachtete den Trubel. Christine verstand nicht, dass es Menschen gab, die etwas gegen Weihnachten hatten. Sie mochte diese Zeit. Sie mochte Punsch, Kekse, Stollen, Kerzen, Tannen, Geschenke und sie mochte ihre Familie. Das lag vielleicht daran, dass sie die Älteste war. Bei ihren Geschwistern sah das ganz anders aus.

»Christine?« Eine Stimme holte sie aus ihren Gedanken. Bevor Christine sich umdrehen konnte, spürte sie bereits eine Hand auf ihrem Arm. »Was machst du allein auf dem Weihnachtsmarkt? Frustpunsch? Oder habe ich Johann übersehen?«

»Hallo Dorothea.« Christine küsste ihre Freundin kurz auf die Wange, dann sah sie, dass sie an der Reihe war. »Willst du auch einen Punsch?« Dorothea nickte. »Ja, gern.«

»Dann also zweimal bitte.«

Sie balancierten die Becher zu einem klebrigen Stehtisch, der etwas am Rand stand. Kopfschüttelnd sah Dorothea auf die tanzenden Weihnachtsmänner, die die Tasse schmückten, und sagte: »Irgendwie macht mich diese Zeit wahnsinnig. Dass du das alles schön findest, verstehe ich immer weniger. Ich fliege übrigens übermorgen nach San Francisco, hab ich das erwähnt? Raus aus dem Schneematsch und weg von den Weihnachtsmännern.«

Christine pustete in ihren Becher. »Weihnachtsmänner haben die Amis auch, da mach dir mal nichts vor – nur bunter. Und noch mehr Kitsch.«

»Aber das Wetter ist besser und vor allem: keine Familie weit und breit. Das kann man bei euch ja nicht sagen.« Dorothea grinste. »Oder gibt es dieses Jahr eine Planänderung?«

»Natürlich nicht.« Christine sah sie überrascht an. »Wir fahren immer nach Sylt. Wir können doch nicht meine Eltern über die Feiertage alleine im Haus sitzen lassen. Und du kennst sie doch: Die hassen Hamburg. Zu groß, zu laut, zu viel Müll, zu viele Menschen. Da kommt doch keine Weihnachtsstimmung auf. Also fahren wir zu ihnen. Und ich finde es übrigens auch schön, Weihnachten auf Sylt. Ruhe, Meer, Wind, mit Glück Schnee. Es ist herrlich.«

Dorothea nickte. »Deine Schwester sieht das aber anders. Ich habe Ines vorhin beim Kaffeetrinken getroffen. Sie hat sich drei Stücke Kuchen bestellt. Aus Frust. Und Angst vor den Feiertagen.«

»Ines.« Christine winkte genervt ab. »Sie macht jedes Jahr dieses Theater. Zwei Tage vorher fällt ihr ein, dass sie noch Geschenke besorgen, Wäsche waschen und ihre Steuer machen muss. Und dabei verfällt sie erst in Hektik und dann in schlechte Laune. Außerdem hat sie irgendeine Einladung, die auf einmal lebenswichtig ist. Wie immer. Aber letztlich gefällt es ihr dann doch.«

»Ja?« Dorothea guckte skeptisch. »Das hörte sich vorhin ganz anders an. Ach, guck mal, da läuft dein Bruder.« Sie pfiff so abrupt auf zwei Fingern, dass Christine erschrocken zusammenzuckte und etwas von ihrem Punsch verschüttete.

»Bist du irre? Oh nein, auf den Ärmel, das geht doch nie wieder raus.«

Entsetzt starrte sie auf den ehemals wollweißen Ärmel ihres Mantels, der jetzt rot gesprenkelt war. »Ärgerlich.«

Ihr Bruder stand schon vor ihr. »Hey, das ist ja ein Zufall. Drei Millionen Menschen auf dem Weihnachtsmarkt und nach mir wird gepfiffen. Ist das

Punsch auf deinem Mantel, Christine? Sieht nicht gut aus.«

»Hallo Georg. Sehr witzig.« Verbissen rieb seine Schwester mit einem Tuch auf den Flecken herum. Erfolglos. »Was machst du eigentlich hier? Ich denke, du bist bis morgen bei Nina?«

»Nein«, Georg hob die Schultern, »Nina hatte keine Lust, über Weihnachten zu ihren Eltern zu fahren. Und weil ich weg bin, hat sie kurz entschlossen eine Woche Skiurlaub mit ihrer Freundin Katrin gebucht. In Südtirol. Gestern sind sie gefahren.«

»Warum fährt sie nicht mit nach Sylt?« Dorothea war mit drei Bechern Punsch zurückgekommen.

»Ach, weißt du …«, Georg sah seine Schwester lange an, »sie war ja schon mal mit dabei. Johann übrigens auch. Aber … es hat ihnen … nicht so besonders gut gefallen. Zu viele Leute und überhaupt.«

»Wieso?« Dorothea sah zwischen den beiden hin und her. »Kommt Johann denn auch nicht?«

Betont harmlos lächelte Christine sie an. »Johann? Nein, der fährt dieses Jahr mal mit seiner Tante Mausi nach Stockholm. Städtetour. Das hat sie sich schon so lange gewünscht. Und jetzt machen sie das über die Feiertage.«

Das Klingeln von Georgs Handy verhinderte weitere Ausführungen. »Ines, ich stehe mit Christine und Dorothea auf dem Weihnachtsmarkt und trinke Punsch. Was gibt's?«

Er hörte ihr einen Moment zu, dann schüttelte er leicht den Kopf und sagte: »Keine Ahnung, komm am besten her, dann überlegen wir was. Wir sind am Rathausmarkt, dritter, nein vierter Gang rechts, gleich am Anfang. Okay, bis gleich.«

Georg ließ das Telefon zurück in die Jacke gleiten und sagte: »Sie findet kein Geschenk für Mama und fragt, ob sie sich nicht einfach an unseren beteiligen kann.«

»Nein!«, entrüstet stellte Christine ihren Becher auf den klebrigen Tisch. »Sie kann sich doch wohl einmal selbst Gedanken machen. Jedes Jahr dasselbe.«

»Fröhliche Weihnachten.« Mit einem Lächeln schob Dorothea sich ihre Mütze in die Stirn. »Ich wünsche euch viel Spaß bei eurer Familienweihnacht. Auch wenn der Zickenkrieg jetzt schon vorher beginnt. Aber ihr werdet es schon hinkriegen, da habt ihr doch schon Übung. Also, wir sehen uns im neuen Jahr. Haltet durch. Bis dann.«

Mit einem Anflug von Neid sahen Christine und Georg ihr hinterher.

Am nächsten Tag trommelte Christine ungeduldig mit den Fingern aufs Lenkrad. Sie stand jetzt schon eine Viertelstunde vor dem Haus, in dem Ines wohnte. Natürlich gab es hier wieder mal keinen Parkplatz, deshalb wartete sie in der zweiten Reihe, während Georg hochgegangen war. Vor einer Viertelstunde. Christine drückte noch einmal auf die Hupe. Ein Ladenbesitzer, der vor seiner Tür stand, zeigte ihr einen Vogel. Christine tat so, als hätte sie aus Versehen gehupt. Erleichtert sah sie in diesem Moment ihre Geschwister auf die Straße treten.

»Na endlich«, sagte sie, als Georg die Beifahrertür öffnete. »Was macht ihr denn die ganze Zeit?«

»Frühstücken«, antwortete ihr Bruder freundlich. »In aller Ruhe. Warum?«

»Sehr komisch.«

Ines knallte den Kofferraumdeckel mit so viel Schwung zu, dass das Auto vibrierte. Dann lief sie ums Auto und riss die Fahrertür auf.

»Frohe Weihnachten, liebste Schwester. Ich habe mein Ladekabel nicht gefunden. Hupst *du* hier die ganze Zeit wie bescheuert?«

»Steig ein«, erwiderte Christine. Sie zuckte zusammen, als Ines die Tür zuschlug. »Und ich fahre keinen Trecker. Die Türen kann man auch sanft zumachen.«

»Ja, ja.« Ines setzte sich hinter Georg und klopfte an seinen Sitz. »Rutsch nach vorn. Mir sterben sonst die Beine ab.«

Christine startete den Motor und setzte den Blinker. Im Radio lief der schlimmste Weihnachtspopsong, den es gab. Mit einem verhaltenen Seufzer sah sie im Rückspiegel das Gesicht ihrer Schwester.

»Mama und Papa freuen sich doch immer so, Ines. Weihnachten ist nun mal ein Familienfest. Und eigentlich ist es doch auch immer ganz nett.«

»Ja, nach drei Flaschen Rotwein.« Ines drehte sich zur Seite. »Und wenn du nicht das Radio leise drehst, kriege ich sofort Ausschlag von diesem grauenhaften Lied.«

»Jetzt hört schon auf.« Georg nestelte eine CD aus seiner Tasche und schob sie ein. »Ich habe Musik dabei, sehr schöne, ohne ein einziges Weihnachtslied, aber wenn ihr weiter zickt, nehme ich die wieder raus und stelle das Radio lauter.«

Zwei Stunden später fuhren sie auf den Autozug nach Westerland. Einen Tag vor Heiligabend fuhren nur wenige auf die Insel. Der Ansturm kam erst am zweiten Weihnachtstag.

»Nichts los auf der Insel.« Ines streckte sich und

gähnte. »Nur die Inselkinder, die gezwungen werden.«

»Ines, bitte.« Christine feuerte einen bösen Blick auf ihre Schwester. »Geh mir nicht auf die Nerven. Du kannst ja nächstes Jahr zu Hause bleiben. Aber das erklärst du Mama und Papa selbst. Und Tante Inge und Onkel Walter. Es sind drei Tage, meine Güte. Und du hast dich noch nicht einmal um die Geschenke gekümmert. Nur mitgezahlt. Und falls es dich interessiert: Ich freue mich.«

»Sind Pia und Björn denn wenigstens da?«

»Natürlich.« Georg sah seine kleine Schwester an. »Die wurden von Tante Inge gezwungen. Das wäre ja wohl noch schöner. Pia kommt übrigens auch ohne Frank. Unsere Partner sind wirklich alle Weicheier.«

Christine schwieg.

Das Thermometer im Auto zeigte sieben Grad, der Scheibenwischer quietschte, weil der leichte Sprühregen zu wenig für die Wischblätter, aber zu viel für die Scheibe war.

Wenn es wenigstens schneien würde, dachte Christine, hütete sich aber, es auszusprechen, weil Ines es bestimmt kommentieren würde. Die Straßenlaternen der Insel waren mit Tannen und roten Schleifen dekoriert, alles hing ein bisschen schlapp herunter.

»Es hat sich eben nichts verändert«, Ines wischte über die beschlagene Scheibe, »gar nichts. Da steht das Empfangskomitee.«

Christine würgte fast den Motor ab, als sie in die Auffahrt einbog. Auf der Treppe standen ihre Eltern, eingerahmt von Tante Inge und Onkel Walter. Alle vier trugen rote Weihnachtsmützen.

»Hohoho«, rief Onkel Walter und winkte. »Fröhliche Weihnachten und herzlich willkommen.«

Ihr Vater war mit zwei Schritten am Auto und öffnete Ines die Tür. »Ihr seid ja spät dran. Wolltet ihr nicht um acht losfahren?«

»Nein, Papa.« Ines stieg langsam aus und streckte ihren Rücken durch, bevor sie Heinz umarmte. »Von acht war nie die Rede, da hätte ich um sechs aufstehen müssen. Ich bin doch nicht verrückt. Schönes Mützchen.«

»Die hat Walter besorgt, gab es im Supermarkt. Die sind schön warm, willst du auch mal aufsetzen?«

»Nein, danke. Hallo Mama.«

Heinz wandte sich sofort an seine Älteste.

»Na, Christine, du siehst aber abgespannt aus.«

»Frohe Weihnachten, Papa. Nein, nimm die Mütze weg, ich war gestern beim Friseur.«

Beleidigt stülpte Heinz sich das rote Teil wieder auf. »Dann nicht. Ist aber gut bei diesem Regen. Georg, was sagst du zum HSV? Kennst du diesen neuen Spieler?«

»Ja.« Georg schob sich zwischen seinen Schwestern durch, um seine Mutter zu begrüßen. Sie legte den Kopf schief und musterte ihn. »Du wirst immer dünner. Isst du nichts mehr? Guck dir deine Schwestern an, die sehen besser aus.«

»Charlotte.« Tante Inge stand jetzt auch bemütigt neben ihnen. »So dick sind die Mädchen auch nicht. Du musst dir nachher mal Pia angucken, die hat ordentlich zugelegt.«

Hinter ihrem Rücken verdrehte Ines die Augen. Ihre Schwester versuchte es zu ignorieren. Weder Christine noch Ines waren zu dick, neben Georg sah einfach jeder aus wie ein Tanklastzug.

»Wollt ihr noch länger im Regen stehen bleiben?« Onkel Walter hatte sich trotz weihnachtlicher Kopfbedeckung nicht aus dem Schutz des Vordachs bewegt. »Der Tisch ist schon gedeckt. Wenn ich nicht sofort etwas zu essen kriege, werde ich ohnmächtig.«

»So schnell kippst du nicht um.« Nach einem tadelnden Blick auf den Gatten klopfte Tante Inge

Christine aufmunternd auf die Schulter. »Du freust dich immer auf Weihnachten, oder? Pia tut ja immer so, als wäre es eine Zumutung, für drei Tage von Berlin nach Sylt zu kommen. Aber dann findet sie es doch jedes Jahr schön.«

»Ja, ich –«, begann Christine. Inge drehte sich zu Ines. »Und bei dir ist alles klar? Job, Wohnung – alles schön? Hast du immer noch keinen Freund?«

»Tante Inge, ich ...«

»Inge«, Walters Stimme war jetzt ungehalten, »ich kipp jetzt um.«

»Wir können gleich essen.« Charlotte griff sich eine Tasche und ging zur Haustür. »Schuhe aus, hinsetzen. Walter kippt sonst um.«

Christine, Ines und Georg warteten, bis die vier Weihnachtsmänner hinter der Tür verschwunden waren. Dann gingen sie langsam hinterher.

Im Flur versuchte Georg zu spät, durch eine abrupte Kopfbewegung den schwebenden Engeln auszuweichen. Er erwischte zwei von zwölf mit der Schläfe. Die Engel lösten sich von der Kordel und zersprangen auf den Fliesen in unendlich viele Scherben.

»Herrgott! Überall hängt hier was.« Ungeduldig hockte er sich hin und versuchte, die silbernen

Scherben zusammenzuschieben.

»Ist eben Weihnachten.« Ines bückte sich und hob einen glitzernden Flügel auf. »Ich dachte, Engel können fliegen. Von wegen. Mama kriegt einen Anfall. Sie hat die Dinger erst letztes Jahr in Stockholm auf dem Weihnachtsmarkt gekauft.«

»Wo bleibt ihr –? Ach, meine Engel. Wie habt ihr das denn geschafft? Kaum seid ihr da, geht die halbe Deko zu Bruch.«

Mit bekümmertem Blick ging auch Charlotte in die Hocke und besah sich den Schaden. »Da kann man noch nicht einmal was kleben. Schneide dich nicht, Georg, sonst saust du hier alles ein.«

»Ich kipp gleich um!«, rief Onkel Walter lautstark aus der Küche. »Wie lange dauert das denn noch? Wird doch alles kalt.«

In der Küche war es warm, eng und dunstig. Charlotte hatte den Tisch zwar ausgezogen, zu siebt war es aber eigentlich zu eng. Christine holte tief Luft und quetschte sich auf die Eckbank neben ihren Vater.

»Wie viele Engel habt ihr umgebracht?« Er sah sie nur kurz an, bevor er sich Hühnersuppe auf den Teller schöpfte.

»Zwei.« Christine hielt ihm ihren Teller hin, den er ignorierte. Stattdessen schob er die Schüssel in Georgs Richtung. »Hier, Junge, hat Mama extra für dich gekocht. Mit Huhn und Nudeln.«

»Danke.« Georg füllte auf. »Übrigens hängen noch zehn Engel an der Kordel. Fällt gar nicht auf, dass zwei fehlen. Tante Inge, gib mir mal deinen Teller.«

Christine stellte ihren wieder ab. »Wann kommen Pia und Björn denn?«

»Jeden Moment.« Inge lächelte Georg an, der die Suppe zu Ines schob. Walter hatte schon den zweiten Teller, Christine immer noch nichts.

Die Schüssel wanderte von Ines zu Charlotte, die sie auf die Spüle stellte.

»Das ist sonst so voll auf dem Tisch. Christine, willst du nicht?«

»Doch, ich …«

»Fröhliche Weihnachten! Meine Güte, ist das hier warm.« Pia brachte kalte Luft mit in die Küche. Sie stand mit Mütze und Jacke in der Tür und riss sofort an ihrem Schal. »Hallo ihr alle, schön euch zu sehen.«

»Willst du Suppe?« Inge hatte sich zu ihr umgedreht. »Dann musst du dir einen Teller nehmen. Kannst im Stehen essen, oder?«

»Björn kommt auch gleich. Das riecht super, Tante Charlotte.«

In Windeseile hatte sie ihren Mantel ausgezogen und einen vollen Teller in der Hand. An die Spüle gelehnt, fing sie an zu löffeln.

Christine nahm ihren leeren Teller wieder in die Hand. »Pia, bist du so gut und füllst –«

»Ihr esst ja schon.« Björn hatte die Tür so schwungvoll aufgestoßen, dass Onkel Walter sie ins Kreuz bekam.

»Ich glaube nach wie vor nicht, dass du wirklich mein Sohn bist.« Walter drehte sich langsam zu Björn um. »Du bewegst dich wie ein Bagger. Von mir hast du das nicht.«

»Ich wünsche dir auch frohe Weihnachten, Papa.« Björn schlug Walter unverdrossen auf die Schulter. »Na, Mädels, Onkels, Tanten, Georg, wieder ein Jahr rum, was? Und wieder das ganze Spektakel von vorn. Da sind ja gar keine Fleischklößchen in der Suppe. Du lässt nach, Tante Charlotte.«

Christine hielt immer noch ihren leeren Teller in Pias Richtung, die das weiterhin ignorierte. Björn hingegen griff zu und drehte sich zur Spüle. »Danke. Riecht aber trotzdem gut.«

Neben seine Schwester gelehnt, fing er an zu essen. »Schmeckt auch.«

Christine stützte ihr Kinn in die Hand. »Eigentlich

wollte ich –«

»Ich habe die Fleischklößchen vergessen.« Kopfschüttelnd sah Charlotte Inge an. »Hack ist in der Truhe. Ich habe es total vergessen.«

»Solange du noch weißt, was du mit dem Hack machen sollst, ist das ungefährlich.« Heinz wischte sich den Mund ab und lächelte seine Frau an. »Wenn dir nicht mehr einfällt, was das ist, dann geben wir dich weg. So, Christine, steh mal auf. Wir sind ja fertig, dann können Pia und Björn auch im Sitzen essen.«

»Aber ich …« Christine hatte keine Chance, Heinz schob sie rigoros von der Bank.

»Außerdem kannst du mal auf den Boden gehen und den Tannenbaumständer holen. Ich weiß immer nicht, wo Mama den versteckt hat.«

»Woher soll Christine das denn wissen?« Jetzt endlich fiel Georg auch mal ein, seiner Schwester zur Seite zu springen.

»In der weißen Kommode, oben rechts. Aber die Suppe geht doch auch mal ohne Fleischklößchen, oder?« Charlotte konnte ihr Versagen immer noch nicht fassen.

»Hast du gehört, Christine?« Heinz hielt ihr mit charmantem Lächeln die Tür auf. »Das ist hier auch viel zu warm, da ist man doch froh, an die Luft zu kommen. Weiße Kommode, oben links.«

»Oben rechts.« Ines, Pia und Georg korrigierten ihn im Chor.

Christine ging.

»So, Kinder«, begannen Heinz und Walter wie jedes Jahr zu diesem Zeitpunkt ihren Spruch. »Und damit ihr den Tannenbaum nicht zu früh seht, ab auf eure Zimmer.«

Aber seit Jahren gingen »die Kinder« nicht mehr zum Spielen und Streiten in die Kinderzimmer, sondern zum Biertrinken zum Hafen. Die Eltern kommentierten das nicht weiter; sie hatten sowieso genug zu tun. Björn, Pia, Ines, Georg und Christine atmeten tief durch und machten sich auf den Weg Richtung Hafen.

In der Kneipe holte Björn die erste Runde Bier. Alle tranken schweigend. Pia stellte ihr halb leeres Bierglas mit Schwung auf den Tisch und wischte sich mit der Hand den Mund ab. »So«, sagte sie, »müssen wir noch irgendetwas besprechen oder ziehen wir alles durch wie immer?«

»Was sollen wir sonst tun?« Ines zuckte ratlos mit den Schultern und sah sich um. »Hier ist überhaupt nichts los. Wo sind die anderen gezwungenen Inselkinder? Sind wir zu früh?«

Pia folgte ihren Blicken. »Vielleicht haben die anderen sich einfach mal getraut, an Weihnachten etwas anderes zu machen. Nur wir trauen uns nicht.«

»Was wolltest du denn machen?« Björn sah seine Schwester erstaunt an. »Du bist die Jüngste von uns, Mama und Papa drehen durch, wenn du an den Feiertagen allein zu Hause sitzt.«

»Ich will nicht allein zu Hause sitzen, Björni, ich habe mich verliebt. Er heißt Malte, er ist super, er findet mich toll, aber ich kann doch keine Beziehung mit unserem Familienweihnachten anfangen. So schnell, wie ich dann wieder Single bin, kann ich gar nicht gucken.«

»Du stellst es schlimmer dar, als es ist.« Georg schwenkte den Rest Bier in seinem Glas. »Sie sind alle etwas anstrengend, aber sie meinen es ja gut. Dieses andauernde Essen ist vielleicht ein Problem.«

»Charlotte hat ja schon mal die Fleischklößchen vergessen.« Björn grinste. »Vielleicht gibt es Hoffnung.«

»Vergiss es.« Ines winkte ab. »Ich habe in den Kühlschrank geguckt. Es gibt Massen zu essen. Mir wird schon bei dem Gedanken schlecht. Sag mal, Christine, was ist eigentlich mit dir los? Du bist doch sonst die Verteidigerin der Weihnachtsrituale. Warum bist du so still?«

Christine spürte die Blicke der anderen auf sich und ihren Magen knurren. »Ich will nicht darüber reden. Ich kaufe mir jetzt ein Fischbrötchen. Brathering. Und ihr habt mich beim Essen vergessen.«

Am nächsten Morgen war Christines erster Gedanke: *Es ist Heiligabend.*

Der zweite Gedanke war: *Mein Kopf.*

Dann hörte sie den Staubsauger. Wie jedes Jahr das erste Geräusch am Weihnachtsmorgen. Charlotte saugte die ersten Nadeln weg, die der Tannenbaum nach der warmen Nacht im überheizten Wohnzimmer von sich geworfen hatte. Charlotte hasste Tannennadeln auf dem Teppichboden. Sie lief immer barfuß.

Christine hörte ein Klirren, danach einen Fluch. Es war aus dem Flur gekommen. Georg und die Engel. Ihr Bruder war der Einzige, der nicht aufrecht unter der Dekoration durchlaufen konnte. Vermutlich hatte er das in seinem Zustand gestern Abend vergessen.

Christine warf einen Blick auf den Wecker, stöhnte

und zog die Decke übers Gesicht. Es würde nicht mehr lange dauern. Langsam begann sie zu zählen. Bei neun wurde die Tür aufgerissen. »Frühstück. Frohe Weihnachten.«

Heinz knallte die Tür wieder zu und brüllte zwei Sekunden später denselben Text ins Nachbarzimmer. Christine setzte sich auf und hielt ihren Kopf. Sie hörte Ines über den Flur tappen, dann einen Fluch. »Aua, Mensch! Überall steht hier etwas herum.«

»Guck doch hin, wo du läufst.« Charlotte hatte den Staubsauger abgestellt. »Das war meine Weihnachtsente. Jetzt ist der Kopf ab. Guck mal, wie die aussieht.«

Als Christine die Tür öffnete, bot sich ihr ein chaotisches Bild. Der Staubsauger lag mitten im Flur, Ines hockte auf dem Boden, hielt mit einer Hand ihren Fuß und mit der anderen den goldenen Kopf einer Porzellanente umklammert. Charlotte reckte den Entenrumpf anklagend hoch und hinter ihr stand Heinz, der ungeduldig mit den Händen fuchtelte. »Frühstück. Es ist nach neun. Wenn ihr nicht bald kommt, wird es immer später und wieder eine Mordshetze.«

»Ich blute.« Ines sah wütend hoch. »Das sind keine

Weihnachtsdekorationen, das sind Waffen. Georg, pass auf.« Sie drehte den Kopf, als sie ihren Bruder die Treppe herunterkommen hörte. »Hier sind überall Scherben.«

»Engel?«

»Ente.«

»Frühstück, Georg, jetzt komm *du* wenigstens. Ich fange nämlich an.«

Heinz ging entschlossen in die Küche, unter seinen Füßen knirschte es.

Das Frühstück wurde zügig absolviert. Christine wartete immer noch auf ihren Toast, als Georg bereits seinen Teller beiseitestellte und verkündete, dass er nach Westerland wollte. Er bräuchte noch Weihnachtsgeschenke. Ines schloss sich ihm sofort an. Als Christine den Mund öffnete, kam ihre Mutter ihr zuvor.

»Also, wenn ihr alle fahrt, dann muss Christine wieder alleine Kartoffeln für den Salat pellen. Ich muss den Baum schmücken.«

»Wieso müsst ihr überhaupt an Heiligabend Geschenke kaufen?«, fragte Christine. »Das fällt euch ja früh ein. Ich habe schon alles.«

»Eben.« Ines stand lächelnd auf. »Deshalb musst du Kartoffelsalat machen und wir gehen shoppen. Bis später.«

Bevor Christine protestieren konnte, waren sie weg.

»Was brauchst du denn noch?«, fragte Georg, als er später auf dem Parkplatz der Kapitän-Christiansen-Straße das Auto abschloss. Ines hob die Schultern. »Keine Ahnung. Ein Buch für Christine? Oder was anderes? Mal sehen. Um ehrlich zu sein, ich hatte einfach nur keine Lust, Kartoffelsalat zu machen. Mir wird morgens vom Geruch von Zwiebeln und Gewürzgurken schlecht. Und Mama schiebt auch gleich noch den Braten für morgen in den Ofen. Das ist doch widerlich, diese ganze Fresserei.«

»Ach, komm.« Ihr Bruder steckte den Autoschlüssel in die Jeanstasche und sah sie an. »Es ist doch eigentlich ganz nett. Sie geben sich für uns eben Mühe. Und gestern Abend war es lustig mit Pia und Björn. Die würden wir sonst auch nicht sehen.«

»Ich könnte jetzt in einer dänischen Küche mit Leuten in meinem Alter sitzen, Kaffee trinken, alberne Dinge sagen und –«

»Alberne Dinge sagst du hier auch«, unterbrach sie Georg. »Und von Papas und Walters Albernheiten wollen wir gar nicht anfangen. Und außerdem ist übermorgen schon wieder alles vorbei. Christine hat recht, sie wären alle enttäuscht, wenn wir nicht mehr zusammen Weihnachten feiern würden. Also, vergiss Dänemark und mach hier mit. Und jetzt kaufen wir Christine eine Kleinigkeit, weil sie schon wieder allein Kartoffelsalat machen muss.«

Christines Fingerkuppen waren schon ganz schrumpelig. Dabei war noch nicht einmal die Hälfte der gekochten Kartoffeln gepellt. Charlotte hatte Kartoffeln gekocht, als müsste sie das halbe Dorf versorgen. Um 14 Uhr war hier der offizielle Würstchen-und-Kartoffelsalat-Termin. Walter, Inge, Björn und Pia kamen vorbei, sie aßen zusammen, und danach machte jede Familie für sich Bescherung. Später traf man sich dann in der Kirche wieder. Jedes Jahr.

»Weihnachten ist, wenn Christine für hundert Leute Kartoffeln pellt.« Pia stand plötzlich hinter ihr. »Guten Morgen.«

»Oh«, Christine fuhr herum, »ich habe dich gar nicht gehört.«

»Konntest du auch nicht.« Pia zog ihre Jacke aus und ließ sie auf die Bank fallen. »Tante Charlotte hört Weihnachtsmusik auf voller Lautstärke und hat sich im Wohnzimmer eingeschlossen. Dafür steckt euer Hausschlüssel von außen und sonst ist niemand zu sehen. Ich hätte euch die ganze Hütte ausräumen können.«

Pia zog eine Schublade auf und nahm ein Messer raus. »Rutsch ein Stück zur Seite, sonst komme ich nicht an den Topf.«

»Christine?« Charlotte riss die Küchentür auf. »Sag mal – ach, Pia, du bist auch da –, muss die Jacke da rumliegen? Wir haben doch eine Garderobe. Christine, guckst du auf die Uhr? In einer Stunde kommen alle zum Essen und du hast noch nicht geduscht.«

»Wir sind fertig.« Pia zeigte auf drei Schüsseln Kartoffelsalat. »Fröhliche Weihnachten, Tante Charlotte. Hängt alles am Baum?«

»Ja.« Charlotte guckte Christine über die Schulter. »Mach da noch ein bisschen Petersilie drauf, fürs Auge. Der Baum ist geschmückt, ab jetzt darf keiner mehr ins Wohnzimmer, hört ihr?! Hat der Braten schon geklingelt?«

»Nein, Mama, aber die Uhr vom Backofen.« Christine trocknete ihre Hände ab und warf Pia einen kurzen Blick zu. »Ich habe den Ofen ausgestellt.«

»Fein.« Charlotte lächelte. »Dann geh duschen. Pia, du könntest schon mal den Tisch decken. Sind Georg und Ines noch nicht wieder da?«

»Die sind auf dem Autozug. Inselkoller. Sind schon

auf dem Weg nach Hause. Weihnachten fällt aus.«

»Das wär's.« Charlotte sah Pia an. »Statt blöde Witze zu machen, fang lieber an. Tischdecken habe ich schon hingelegt.«

Um Punkt 14 Uhr saßen tatsächlich alle am Tisch. Noch im Stehen hatte Christine sich unter mehreren tadelnden Blicken Kartoffelsalat und zwei Würstchen auf den Teller gepackt. Sie umfasste ihn mit beiden Händen und setzte sich. Tante Inge schüttelte den Kopf.

»Das sind doch keine Tischmanieren. Als wenn du sonst nichts kriegst.«

Christine fing schweigend an zu essen.

Mit einem strengen Blick auf seine Tochter hob Heinz sein Bierglas und sagte: »Ja, dann mal auf Weihnachten und darauf, dass wir alle wieder zusammen sind.«

»Kannst du wohl laut sagen.« Walter stieß mit ihm an: »Ich sag es aber gleich, ich muss nach dem Essen hier sofort auf die Couch und Mittagschlaf machen. Sonst überlebe ich die Kirche nachher nicht.«

»Wovon bist du denn müde?« Charlotte quetschte die Senftube aus, mit einem schmatzenden Geräusch spritzte der Senf auf die Tischdecke. »Pia, hol mal einen Lappen. Schnell. Und, Walter?«

Björn stöhnte leise, Christine fiel jetzt erst auf, dass er noch gar nichts gesagt hatte. Walter hieb ihm auf die Schulter, bis er blass wurde.

»Mein Sohn hat eine Flasche Whiskey von der Firma gekriegt. Ein dolles Zeug, sage ich dir. Aber Björni mochte den am Anfang nicht. Konnte ich gar nicht begreifen.«

»Er hat eingeschenkt, bis ich mich daran gewöhnt hatte.« Angewidert schob Björn den Teller mit den Würstchen ans Ende des Tisches. »Müsst ihr denn alles vor mir abstellen? Ich kann das noch nicht mal riechen.«

»Du hast nach dem Glühwein noch Whiskey getrunken?« Ines hob bewundernd den Kopf. »Respekt. Ich wäre tot.«

»War Björn auch«, sagte Tante Inge und nahm sich ein drittes Würstchen. »Er hat die halbe Nacht gekotzt.«

»Mama.« Pia hasste Indiskretion. »So viel Details will hier keiner wissen.«

Björn sah seine Schwester leidend, aber dankbar an. Onkel Walter wandte sich an seinen Schwager: »Heinz, stell dir vor, uralter schottischer Whiskey und mein Herr Sohn schlägt vor, den mit Cola zu mischen. Hältst du doch im Kopf nicht aus.«

»Ich mag keinen Whiskey.« Heinz tunkte sein Würstchen in etwas Senf auf der Tischdecke. »Cola aber auch nicht. Da wäre mir auch übel. Pia, hier ist noch Senf.«

Georg sah Björn mitfühlend an. Dessen Gesichtsfarbe wandelte sich langsam ins Grünliche. »Warum hast du dich nicht noch mal hingelegt?«

»An Weihnachten.« Tante Inge schüttelte den Kopf. »Wir essen immer zusammen Würstchen. Wer trinken kann, kann auch aufstehen.«

Björn reichte es offenbar, denn er stand mit leidender Miene auf und verließ mit den Worten: »Ich gehe jetzt ins Bett«, kurzerhand die Runde.

»Papa, das ist für dich.« Christine hielt ihrem Vater das in Gold und Rot eingewickelte Geschenk entgegen und wischte sich dezent den Schweiß von der Stirn. Es war affenheiß im Wohnzimmer, die Heizung stand auf fünf, und es brannten gefühlt mindestens fünfzig Kerzen. Der Weihnachtsbaum allerdings hatte elektrische Lichter, vermutlich damit man ihn bis Mitte Januar immer mal wieder anknipsen konnte.

»Frohe Weihnachten.«

»Danke, Kind.« Heinz streckte seine Hand aus, Christine stand auf und reichte ihm das Paket entgegen. Er lächelte. Dann knotete er umständlich die Schleife auf, knibbelte das Klebeband ab und schob das Papier auseinander. »Ein blauer Pullover.« Er war gerührt. »Dass du gesehen hast, dass mein alter nicht mehr schön ist..., also, danke, Christine, sehr schön. Wieso guckst du so, Georg?«

»Nichts, Papa. Christine, für dich.«

Sie bekam von ihrem Bruder jedes Jahr eine Zehnerkarte für die Sauna. Im Gegenzug bekam er die auch von ihr. Dafür mussten sie sich nur demonstrativ freuen. Schließlich war Weihnachten.

»Danke, Georg.« Christine ließ ihre Stimme rau werden. »Ich danke dir so sehr.«

»Geschenkt.« Georg nickte zufrieden.

Heinz rutschte auf dem Ledersofa unruhig hin und her. Mit einem Blick auf die Uhr sagte er: »Ihr habt im Blick, dass wir gleich zur Kirche wollen, oder? Guck mal, Charlotte, das ist für dich.«

»Nein, für Christine.« Charlotte hatte sich nur kurz vorgebeugt und sich dann wieder zurückgelehnt.

»Da steht aber ›Mama‹ drauf. Aber hier ist dasselbe Päckchen noch mal. Stimmt, für Christine. Genau gleich verpackt.«

Mutter und Tochter packten gleichzeitig aus: dieselbe Körperlotion, dieselbe Verpackung. Beide lächelten. Heinz schüttelte den Kopf. »Da bin ich ja gespannt, ob ihr beide auch dasselbe bezahlt habt. Ich glaube, hier auf Sylt ist das teurer. Sei's drum. Ach, ist das auch für mich?«

Dieses Mal wurde nicht geknibbelt, sondern gerissen. »Ein blauer Pullover. Von wem …? Georg? Ja, danke. Also, ich kann zwei wirklich gut gebrauchen, einer muss ja auch mal in die Wäsche, danke.«

Während Ines ihre Zehnerkarte von Christine auspackte und Georg das Rasierwasser von Charlotte, fand Heinz noch einen Umschlag unter dem Baum.

»Der ist für mich und bestimmt von Ines. Weißt du, dass ich jetzt schon 31 Gutscheine von dir habe? Vom Hamam bis zum arabischen Essen – alles dabei. Ich habe sie in ein Album geklebt. Was ist das denn heute? Aha, Gutschein für …«, seine Stimme wurde leiser, »… einen blauen Pullover. Ähm, danke, Kind, ich trag ja auch keine anderen Farben, sehr schön. So, dann haben wir's, oder? Dann räumen wir mal schnell das Geschenkpapier weg und dann müssen wir auch los. Da piept irgendetwas.«

»Das ist mein Handy.« Georg sprang auf. »Bestimmt Nina, die frohe Weihnachten wünschen will.«

»Schöne Grüße.« Charlotte rollte das gebrauchte Schleifenband auf.

Mit dem Telefon in der Hand und gerunzelter Stirn kam Georg Sekunden später wieder zurück. »War eine SMS. Von Sebastian. Irgendeine Katastrophe im Sender. Ich rufe ihn eben an.«

Er ging wieder. Gegen den Tölzer Knabenchor, der sich im Fernsehen lauthals in den Weihnachtshimmel sang, kam er nicht an.

»Mach doch mal den Fernseher leiser, Papa.« Ines hatte zwar schon das zweite Glas Rotwein getrunken und deshalb ein paar Strophen mitgesungen, wollte aber auch mitkriegen, was es für Katastrophen gab.

»Dann höre ich nichts.« Heinz wippte im Takt. »Ihr raschelt so laut mit dem Papier.«

»Aber kein Mensch kann bei dem Krach telefonieren.«

»Das ist kein Krach, das ist Musik. Und Georg ist ja schon fertig. Und, Junge, was war?«

Mit dem Telefon in der Hand ließ Georg sich auf die Armlehne von Christines Sessel sinken. »Das war Sebastian. Bei uns in der Kantine war irgendein Fisch schlecht. Fünf Redakteure haben eine Lebensmittelvergiftung und morgen Abend ist wieder Sendung.

Ich muss arbeiten. Es hilft nichts. Morgen Mittag muss ich los. Das tut mir leid.«

»Tja.« Charlotte blickte ihre Töchter und ihren Mann fragend an. Christine hob die Schultern. Ines meldete sich als Erste zu Wort: »Das hilft ja nichts. Willst du mit der Bahn fahren oder soll ich –«

Bevor sie weitersprechen konnte, stand Heinz auf und stemmte die Hände in die Hüften. »Mit der Bahn, an Weihnachten? Überfüllte Züge, ausgefallene Heizungen, Verspätung – das ganze Elend. Das hält man doch nicht aus. Nein, nein, ihr seid Geschwister, ihr müsst zusammenhalten. Ihr seid gemeinsam hergefahren, ihr fahrt auch gemeinsam zurück. Christine, Ines, das seid ihr eurem Bruder schuldig.«

»Ja, aber«, Christine merkte selbst, dass sie stammelte, sie wollte jetzt nichts Falsches sagen, hatte schon Angst vor Charlottes Tränen der Enttäuschung. »... aber wir sind doch morgen noch alle bei Tante Inge und Onkel Walter eingeladen und wir müssen noch zu allen Nachbarn.«

»Papperlapapp«, wischte Charlotte die gut gemeinten Einwände weg. »Der Beruf ist ja wohl wichtiger, als mit der Familie Kaffee zu trinken. Papa hat ganz recht. Zu Inge gehen wir eben allein, es sind ja immer noch genug Leute da, und den Rest von den Torten frieren wir ein. Und den Nachbarn richten wir Grüße aus. Das geht schon alles.«

Ines verschränkte die Arme vor der Brust und grinste. Christine sah sie warnend an. In der Zwischenzeit war Heinz aus dem Zimmer geschossen und kam jetzt mit einem Fahrplan zurück. »Hier, um 13.05 fährt ein Autozug. Schaffst du das, Georg, oder lieber einen früher?«

»Das reicht.« Georg sah in die Runde. »Mama, ist das schlimm für dich? Dass Weihnachten jetzt so kurz war?«

Charlotte biss sich auf die Unterlippe, wartete einen Moment, warf einen kurzen Blick auf ihren Mann und sagte: »Wenn wir um halb zwölf Mittag essen, kommt ihr rechtzeitig los. Der Braten ist fertig, der muss nur noch ganz kurz in den Ofen.«

»Die Kirche.« Ines sprang auf. »In zehn Minuten müssen wir da sein.«

»Ach, nein.« Heinz faltete tapfer die Hände vor dem Bauch. »Wenn ihr morgen so früh losfahrt, sollten wir jetzt alle ins Bett gehen. Das wird ja ein anstrengender Tag für Georg. Also, Kinder, Zähneputzen und ab. Um halb acht gibt es Frühstück, sonst wird das eng bis zum Mittag.«

Am ersten Weihnachtsfeiertag wurde pünktlich nach dem Mittagessen Abschied genommen. Sie winkten alle drei so lange, bis sie Heinz und Charlotte an der Haustür nicht mehr sehen konnten. Erst an der Kreuzung drehten sie sich um.

»Yes.« Ines reckte die Arme hoch und lachte. »Das ist das erste Weihnachten, bei dem ich keine vier Kilo zunehme und keinen Familienkoller kriege. Georg, hast du den Fisch in der Kantine vergiftet? Sei ehrlich.«

»Ich hoffe, sie sind nicht zu geknickt.« Christine fühlte sich schlecht, weil sie so erleichtert war. »Jetzt sind sie allein.«

»Komm, Christine. Wir waren da, sie haben ihre Geschenke und keiner kann was dafür, dass ich arbeiten muss. Und jetzt haben wir wieder ein Jahr Ruhe. Und sie waren ja auch nicht sauer.«

»Hoffentlich.« Christine setzte den Blinker und bog auf die Hauptstraße nach Westerland ein. »Herrlich. Heute Abend ist übrigens Weihnachtsparty bei Luise. Da kann ich endlich mal hin. Das wollte ich so lange schon. Dreh bitte mal am Radio, ich will keine Weihnachtsmusik mehr hören.«

An der Autoverladung standen nur wenige Reisende, Christine stellte den Motor ab und sah auf die

Uhr. »Viel zu früh. Das war wohl der Fluchttrieb. Was suchst du eigentlich?«

Georg hatte seine Jackentaschen durchsucht und fing an, hektisch unter dem Sitz zu fingern. »Ich glaube, ich habe mein Handy liegen gelassen. Auf dem Küchentisch. Mist. Ines, ruf doch mal Mama an und frag, ob es da liegt.«

Während seine Schwester wählte, stieg er aus und durchwühlte seine Reisetasche.

»Es nimmt keiner ab. Sie sind wohl schon bei Inge.«

»So schnell?« Georg runzelte die Stirn. »Na ja, ich muss zurück und das Handy holen. Geht nicht anders.«

»Ich komm nicht mit.« Ines hatte schon die Tür geöffnet. »Auf gar keinen Fall. Nachher hat Papa es sich anders überlegt und wir müssen doch bleiben. Fahr du mal allein, ist ja wegen deiner Schusseligkeit. Christine und ich warten hier und trinken Kaffee im Kiosk. Aber beeil dich. Wir müssen den Zug schaffen.«

Drei Minuten vor der Abfahrt kam Georg wieder angerauscht, seine Schwestern sprangen ins Auto, und sie wurden als letzter Wagen durchgewunken.

»Hast du das Handy gefunden?«

Georg nickte stumm, lenkte das Auto auf den Zug, stellte umständlich den Motor ab und lehnte den Kopf an den Sitz. Verwundert sahen Christine und Ines ihn an. Er hielt die Augen geschlossen.

»Was ist los?« Ines schüttelte ihn leicht an der Schulter. »Mama in Tränen? Papa beleidigt? Tante Inge sauer?«

Georg räusperte sich. Er drehte sich zu seinen Schwestern um und sagte tonlos: »Sie waren nicht bei Inge.«

»Sondern?«

»Ich bin ins Haus gegangen, habe aber niemanden gesehen. In der Küche stand noch das ganze Geschirr vom Mittagessen. Kein Handy zu sehen, also bin ich ins Wohnzimmer.«

»Ja, und?«

»Da lag der ganze Weihnachtsbaumschmuck auf dem Tisch. Die ganze Dekoration, alle Engel, alle Enten, alle Weihnachtsmänner waren schon in Kartons verpackt und der Baum war weg. Ich habe dann über den Zaun in den Garten geguckt. Mama und Papa zogen den Baum gerade über den Rasen in die Kompostecke. Sie haben gelächelt.«

»Haben sie dich nicht gesehen?« Ines war völlig irritiert.

»Nein.«

Christine verstand es auch nicht. »Haben sie nichts gesagt?«

»Doch.« Georg kniff die Augen zusammen und betrachtete die Sylter Landschaft. »Sie haben den Baum in der Ecke fallen gelassen und sich die Hände an den Hosen abgewischt. Und dann sagte Papa laut und deutlich: ›Es muss doch irgendwann mal ein Ende haben. Die Kinder sind doch groß. Wie lange müssen Eltern denn dieses Theater machen? Sie kommen jedes Jahr wieder, Charlotte, so wird das nie was mit dem Dezember auf Mallorca!‹«

»Wie bitte?« Christine und Ines waren sprachlos.

»Mama hat wieder gelächelt und gesagt, dass sie im Januar gleich für das nächste Weihnachten buchen wird. ›Es wird ein Schock für die Kinder, aber da müssen sie durch‹, hat sie gemeint. ›Ostern werde ich ihnen meine gesamte Weihnachtsdekoration schenken. Dann können sie damit machen, was sie wollen. Hier kommt jedenfalls kein einziger Engel mehr an die Decke. Basta. Und jetzt komm, Heinz, ich habe eine kleine Flasche Schampus. Die trinken wir jetzt. Auf Mallorca!‹«

Top-Figur im Daunenmantel

Meine Freundin Nele hat mir vor Monaten Fotos mitgebracht, die im letzten Winter bei einem eiskalten Spaziergang an der Elbe entstanden sind.

Auf einem Bild stand ich am Ufer und schaute in die Weite der Landschaft. Wenn ich gewusst hätte, wie ich dabei aussah, hätte ich Neles Kamera sofort konfisziert. Notfalls mit Gewalt. Denn ich trug einen Steppmantel, der, gelinde gesagt, etwas aufträgt. Im Klartext: Ich sah aus, als steckte ich in einem Schlafsack. Von hinten gab es eine frappierende Ähnlichkeit mit einem Michelinmännchen, mit dem einzigen Unterschied, dass ich keinen Helm, sondern eine alberne Mütze trug. Ich habe kein Mützengesicht, auch nicht von der Seite. Das hatte ich in dieser Deutlichkeit aber noch nie gesehen.

Meine entsetzte Reaktion kommentierte Nele mit dem Satz, dass es an jenem Tag sehr kalt gewesen sei. Das erkläre auch das Tragen eines grünen Schals. Nur deswegen hätte ich diese komische Gesichtsfarbe, grün sei nicht gut für meinen Teint.

Zu Hause habe ich sofort den Steppmantel, die Mütze und den grünen Schal in den Altkleidersack gestopft. So kalt kann es gar nicht werden, schwor ich mir, dass man jegliche Hemmungen bei der Auswahl des Outfits verliert.

In diesem Winter werde ich nur noch meinen taillierten hellen Kurzmantel tragen, mit schmalem Seidentuch und ohne Mütze. Das ist auch beim Autofahren bequemer. Man sitzt nämlich wie auf einem Kissen, wenn man den Steppmantel vorher nicht auszieht, wofür das Wageninnere aber zu kalt ist. Darum schwitzt man in diesen Daunenmengen vor sich hin, kommt mit den dicken Ärmeln kaum an den Sicherheitsgurt und steigt mit platten Haaren und hochrotem Kopf am Ziel wieder aus. Die platten Haare kann man zwar mit albernen Mützen kaschieren, dann gehört man aber auch noch zu den Frauen, die ihre Kopfbedeckung in Lokalen nicht abnehmen.

Jetzt haben wir wieder Winter. Ich war dreimal erkältet und habe seit Wochen eine Ohrenentzündung. Am letzten Sonntag war der Himmel blau, die Eisschollen an der Elbe glitzerten und Nele und ich wollten spazieren gehen. Auf der Hälfte der Strecke habe ich meinen Liebsten angerufen. Er möge uns doch den weißen Sack mitbringen, der im Keller gleich rechts liege. Ich konnte kaum reden, weil meine Zähne so klapperten, aber er hat trotzdem alles verstanden.

Wenn Sie uns also entgegengekommen sind: Ich war die, die aussah, als steckte sie in einem Schlafsack. Und ich trug eine alberne Mütze. Nur der Schal war neu. Rot. Wegen des Teints.

Ein Weihnachtsjob

Als ich durch das Fenster in meinem Kellerbüro den einsetzenden Schnee sah, wurde meine Laune richtig schlecht. Es schneite leise, aber stetig vor sich hin, wirbelte um die vorbeilaufenden Beine der Passanten und blieb glitzernd auf dem Fußweg liegen. Die Tannenbäume auf der gegenüberliegenden Straßenseite sahen plötzlich gezuckert aus, die Weihnachtsbeleuchtung tauchte alles in goldenes Licht, und der Straßenlärm verstummte. Ich griff nach einem Aktenordner und warf ihn frustriert in die Zimmerecke. Es war nicht zu fassen. Mein Leben lag in Trümmern, und draußen begann ein Wintermärchen. Alles war gegen mich. Gegen Lisa Bergner, gefeuerte Rechtsanwaltsgehilfin, Neusingle, verklagte Rächerin und verurteilte Vandalin.

Sprühregen, Sturmböen und Nebelwände hätten zu meiner Stimmung gepasst, aber doch kein zuckriger Schnee. Das Leben war so ungerecht.

Alles hatte damit begonnen, dass ich früher von einem Besuch bei meiner Schwester zurückkam und meinen Liebsten überraschen wollte. Hugo ist Architekt, war seit einiger Zeit mein Freund, fuhr einen schwarzen Porsche und hatte eine tolle Wohnung, zu der ich den Schlüssel besaß. Für Notfälle. Ich hatte mir die Überraschung so schön ausgedacht, einen Rotwein geschnappt, meine sündhafteste Unterwäsche angezogen, darüber den dicksten Mantel und war mit dem Taxi zu Hugo gefahren. Voller Vorfreude hatte ich vor mich hin gesummt, weshalb ich wohl nicht auf die ungewöhnlichen Geräusche geachtet und fröhlich die Tür aufgeschlossen hatte, um dann meinen Liebsten mit einer Blondine bei Turnübungen auf dem Bett sehen zu müssen. Wenn man ein Loft bewohnt, gibt es leider keine Türen. Und deswegen auch keine Möglichkeit zum unauffälligen Rückzug. Also hatte ich ihm eine Szene gemacht, die nahezu filmreif war und die damit geendet hatte, dass ich Hugos Besuch als aufgetakelte Schlampe beschimpfte und die Weinflasche auf dem Boden, genau auf ihrem weißen Ledermantel, zerdepperte. Bis zu diesem Zeitpunkt hatte sich die Dame unter der Decke verkrochen, erst als sie hochschoss, erkannte ich Dr. Sabine Leitmeier, Rechtsanwältin und seit vier Monaten meine Chefin. Der Rest war meinem Schock geschuldet. Natürlich hätte ich das

Foto der derangierten Spitzenanwältin nicht ins Internet stellen sollen, natürlich war es Blödsinn gewesen, auf Hugos Porsche mit seinem Hausschlüssel »Steuerbetrüger« zu kratzen, natürlich hätte ich den Schlüssel auch in den Briefkasten statt in den Gully werfen können, aber ich stand einfach unter Schock. Zumal ich später erfahren musste, dass Hugo und Dr. Leitmeier miteinander verheiratet und nur seit fünf Monaten vorübergehend getrennt waren. Warum behalten die Leute auch ihren Mädchennamen?

Der beschädigte Porsche, der ruinierte Wintermantel und der Einbau der neuen Türschlösser würden mich die nächsten Jahresgehälter kosten, was sich schwierig gestalten würde, weil mir ja fristlos gekündigt wurde. Wegen des Fotos. Aber weil Hugo meinte, Sabine wäre kaum zu erkennen und ich genug gestraft, hatte sie von einer Anzeige abgesehen. Erst einmal.

Ich war wirklich genug gestraft. Weil ich nach der Kostenaufstellung jeden Job annehmen musste und das auch noch ganz schnell, saß ich jetzt in diesem muffigen Büro und schrieb Rechnungen. Für Überwachungsdienste. Mein ältester Freund Gunther war früher Polizist gewesen. Wegen irgendeines Vorfalls, über den er nicht sprechen will, hat er den Dienst quittiert und sich als Privatdetektiv selbstständig gemacht. Wie in einem schlechten Hollywoodfilm. Leider hatte Gunther nichts, aber auch gar nichts mit den berühmten Hollywooddetektiven gemeinsam. Er trank weder literweise schwarzen, kochend heißen Kaffee, noch nahm er nach Feierabend Drinks an einer Bar, noch rauchte er filterlose französische Zigaretten, nein, mein alter Freund Gunther war ein übergewichtiger Vegetarier, dem von Alkohol schlecht wurde und der von Zigarettenrauch Ausschlag bekam.

Dafür befreite er auch keine entführten bildschönen Millionenerbinnen oder ließ kriminelle Kartelle auffliegen. Auch raffinierte Erpressungen oder wilde Verfolgungen kamen bei uns nicht vor. Stattdessen bespitzelte Gunther krankgeschriebene Arbeitnehmer, untreue Ehefrauen oder Ehemänner, schmierige Vermieter oder Schulschwänzer. Und für solche Dienste durfte ich nun Rechnungen schreiben. Es war erbärmlich, langweilig und deprimierend, trotzdem musste ich froh sein, dass Gunther mir überhaupt einen Job gegeben hatte. Bei seiner schlechten Auftragslage konnte er sich eigentlich keine Angestellte leisten.

Und so saß ich an diesem Winterzauberabend in diesem Kellerbüro unter einer halbseitig kaputten Neonröhre mit einer alten Decke auf den kalten Beinen und ertrank in Selbstmitleid.

»Guten Tag.«

Die helle Stimme riss mich fast vom Stuhl, sofort fuhr ich herum.

»Wie zur Hölle ...?« Ich verschluckte den Rest der Frage, es wäre nicht kindgerecht gewesen. Denn vor mir stand ein Kind. Ein Junge, höchstens zehn, im grauen Parka, die blonden Haare unter einer dunkelblauen, schneegesprenkelten Wollmütze verborgen, mit dreifach gewickeltem Schal um den Hals und dicken Stiefeln an. Es musste draußen saukalt sein.

»Die Tür stand offen.« Seine Wangen waren gerötet, aufgeregt knetete er eine Plastiktüte in den Händen.

»Dann mach die Tür wieder zu. Aber von außen. Hier gibt es nichts zu sammeln. Weder Geld noch Süßigkeiten.« Ich zog demonstrativ eine Schublade auf und schob sie wieder zu, der Junge blieb stehen.

»Ich möchte zu Gunther Matti.«

»Das ist mein Chef, und der ist in den Weihnachtsferien. Du kannst am 10. Januar wiederkommen. Frühestens.«

Der Junge rührte sich nicht von der Stelle, nur das Rascheln der Plastiktüte war zu hören. Als ich ihn ungeduldig ansah, hielt er inne und erwiderte meinen Blick. »Das ist zu spät.«

»Wofür?«

Die Tüte wanderte wieder von seiner rechten Hand in die linke und zurück.

»Für meinen Hund.«

Das fehlte mir wirklich noch: ein kleiner Junge, der sich einen Hund wünschte und deshalb den Weihnachtsmann ausfindig machen wollte. Wobei er für so eine Albernheit eigentlich schon zu groß war.

»Schreib einen Wunschzettel. Du hast noch zwei Tage Zeit.«

»Gibt es keine Detektivvertretung? Können Sie nicht vielleicht …?«

Ich atmete tief aus und starrte ihn mit zusammengekniffenen Augen an.

»Okay. Weil Weihnachten ist, bin ich jetzt freundlich: Was willst du von einem Detektiv? Zehn Sekunden Zeit. Ab jetzt.«

»Mein Hund ist weggelaufen. Er heißt Benni. Papa wohnt nicht mehr bei uns, und Mama muss dauernd arbeiten. Sie hat keine Zeit, ihn zu suchen. Ich habe aber ein Sparschwein und kann einen Detektiv bezahlen. Was kostet das? Einen Hund suchen?«

Atemlos sah er auf die Uhr. »Acht Sekunden.« Dann auf mich.

»Das ist teuer. Wie heißt du überhaupt?«

»Emil.«

»Und wie alt bist du?«

»Zehn. Aber nur bis Mai. Danach elf.«

Ich musterte ihn streng. »Wissen deine Eltern, dass du einen Detektiv beauftragen willst?«

Seine Hände umklammerten die Plastiktüte. Er biss sich auf die Lippe, hob dann entschlossen den Kopf. »Ich habe Geld. Ich kann Sie bezahlen. Hier ist mein Sparschwein. Bitte nicht kaputt machen, das hat da unten so einen Plastikdeckel.«

Vorsichtig hob er es aus der Tüte und stellte es auf den Schreibtisch. Ich sah es mir lange an, dann Emil, dann wieder das Schwein. Es war gelb und trug die Aufschrift »Glücksschwein«. Emil beobachtete mich. Seine Augen glänzten, ich hoffte, dass es keine Tränen waren. Ich hatte keine Lust, mitleidig zu werden. Schnee macht mich immer rührselig.

»Da sind 21 Euro und 70 Cent drin«, sagte er eifrig.

»Eine Menge Kohle«, brummte ich.

Emil nickte eifrig. »Mein ganzes Geld. Aber Benni

ist es wert. Machen Sie es? Übernehmen Sie den Auftrag?«

Eigentlich konnte ich neben Hugo und Dr. Sabine Leitmeier zwei Dinge nicht leiden: kleine Kinder und große Hunde. In der Kombination war es ganz verheerend. Aber während der Schnee von Emils Mütze taute und er mich mit großen Augen ansah, fiel mir ein, dass ich im Moment nichts, aber auch wirklich gar nichts zu tun hatte. Ich würde allein in meiner Wohnung sitzen, mich selbst bemitleiden, betrinken oder langweilen. Vielleicht wäre es besser, eine durchgebrannte Töle zu suchen. Dabei käme ich wenigstens an die Luft. Wenn es schon mal zu Weihnachten schneite.

»Ich mache es«, sagte ich und bemühte mich, ein kleines bisschen Humphrey Bogart in meine Stimme zu legen.

»Aber ich kann dir nichts versprechen.«

Emil nickte langsam und trat einen Schritt näher. Aus der zerknitterten Tüte holte er einen Umschlag, den er mir auf den Tisch schob. »Hier sind Fotos von Benni«, sagte er ernst. »Sie sind alle aus dem letzten Jahr. Und hier sind meine Adresse und Telefonnummer. Aber bitte rufen Sie nur morgens an, da arbeitet Mama. Ich habe Ferien und kann telefonieren.

Muss ich eigentlich auch bezahlen, wenn Sie ihn nicht finden?«

»Nein.« Ich fächerte ungefähr dreißig Bilder eines schwarz-weißen Mischlingshundes auf meinen Tisch.

»Geld nur bei Erfolg. Also gut. Wo hast du ihn das letzte Mal gesehen?«

Als ich am nächsten Morgen zähneklappernd meine Hände in meiner Manteltasche versenkte und mich dafür verfluchte, keine Mütze aufgesetzt zu haben, fragte ich mich ernsthaft, warum ich mich für einen fremden kleinen Jungen so früh aus dem Bett gequält und in den finalen Weihnachtseinkaufsstress gestürzt hatte. Die ganze Stadt war auf den Beinen, um am 23. Dezember das letzte Geschenk, die letzten Lebensmittel und das letzte Schleifenband einzukaufen. Nur ich brauchte davon nichts, sondern suchte einen blöden Hund. Für ein fremdes Kind. Im heftigsten Schneegestöber. Ich war eine Heilige. Schade, dass Hugo das nicht mehr erlebte.

Mein Zielobjekt war Emil auf dem Weg vom Park nach Hause ausgebüchst. Einen Diebstahl schloss ich aus. Benni war so ziemlich das hässlichste Tier, das ich jemals gesehen hatte. Genau genommen sah

Benni aus wie eine Wurst auf vier krummen Beinen und mit runden Augen. So etwas konnten nur die Hundemutter oder ein zehnjähriger Junge lieben. Aber es war egal. Emil wollte ihn wiederhaben, und ich hatte nichts anderes zu tun.

Die erste Station war der Park, in dem der hässliche Benni das letzte Mal in Emils Begleitung seinen Haufen gemacht hatte. Ich lief die Wege ab, vorbei an Glühweinständen und Bratwurstbuden. Laufen war allerdings zu viel gesagt. Der Schnee war angefroren, und ich trug zwar schöne, aber völlig ungeeignete Stiefel mit Ledersohlen. Ich ging wie auf Eiern. Warum musste man in der Weihnachtszeit eigentlich auf jedem freien Platz einen Weihnachtsmarkt aufbauen? Niemand brauchte Berge von diesem grauenhaften Weihnachtsschmuck; kein Mensch konnte so viel Glühwein trinken. Mir wurde schon vom Geruch übel. Vom Weihnachtsgeruch.

Ich würde Heiligabend im Schlafanzug auf meinem Sofa liegen, eine große Käsepizza essen und mir zum hundertsten Mal den Film »Tote tragen keine Karos« ansehen. Kein Tannenbaum, keine Kerzen, kein Lametta. Nichts. Nur ich und Steve Martin. Vielleicht war Heiligabend so zu ertragen.

Natürlich hätte ich auch zu meinen Eltern fliegen können. Nach Fuerteventura, wo sie seit ihrer Pensionierung lebten. Aber dann hätte ich ihnen von meiner Hugo-Katastrophe erzählen müssen, das wollte ich auf gar keinen Fall. Ich konnte mir denken, wie sie reagieren würden: verheerend. Nein, danke.

»Ho, ho, ho!« Der Weihnachtsmann sprang mir plötzlich in den Weg, ich konnte auf dem glatten Schnee nicht ausweichen und schlidderte in ihn hinein.

»Sind Sie bescheuert?« Vor lauter Empörung rutschte ich aus und stürzte vor ihm auf die Knie. »Wieso springen Sie mich an?«

Ich kniete vor ihm, sah erst auf seinen roten Weihnachtsmannbauch und dann auf meine Stiefel, die ein dicker Schneerand komplett ruiniert hatte.

»Na, toll. Helfen Sie mir vielleicht mal hoch oder soll ich bis zum Wegrand krabbeln?«

Meine Hände brannten, ich hatte mich abgestützt, der Schnee war nicht nur gefroren und kalt, sondern auch hart. Es tat sauweh, als der Weihnachtsmann mich an der Hand anpackte, um mich hochzuziehen. Ich hätte ihm fast vors Schienbein getreten.

»Ich wollte Sie nicht erschrecken, Sie sahen nur so

traurig aus, ich wollte Sie aufheitern.« Seine Stimme hinter dem künstlichen Bart klang dumpf, während er redete, klopfte er mit seinen dicken Handschuhen den Schnee von meinem Mantel.

»Was soll denn das?« Ich stand wieder und schlug ihm die Hand weg. »Ich bin nicht traurig, ich bin im Dienst. Haben Sie den schon mal gesehen?«

Um meine Haltung bemüht, hatte ich das Foto aus meiner Tasche gezogen und wedelte damit vor seinem Bart. Er nahm es mir aus der Hand und schaute es an. Schöne braune Augen. Und jünger, als man sich einen Weihnachtsmann vorstellte.

»Ja.« Er hielt den Kopf schief. »Das ist ja lustig. Ich habe vor fünf Minuten neben ihm gestanden und eine Wurst gegessen.«

»Was?« Ich machte einen Schritt auf ihn zu und ruderte sofort mit den Armen. Er hielt mich fest. »Sind Sie sicher? War er allein?«

»Nein. Mit einer Frau.« Vorsichtig gab er mir das Foto zurück. »Und offensichtlich sehr verliebt. Tut mir leid.«

Diese hässliche Töle? Offensichtlich verliebt? Bevor ich fragen konnte, woran man das sah, fiel mein Blick auf das Foto.

»Nein.« Unwirsch riss ich es ihm aus der Hand.

»Der doch nicht. Ich suche den hier.«

Wie um alles in der Welt kam Hugos Foto in meine Manteltasche? Ich musste heute Morgen noch völlig verkatert gewesen sein.

»Das ist ein Hund?«

»Ja, sicher. Haben Sie den vielleicht hier irgendwo gesehen?«

»Nein.« Bedauernd schüttelte er den Kopf. »Ist er abgehauen? Ich kann gern darauf achten, solange ich hier Dienst habe. Haben Sie eine Karte dabei? Wenn ich ihn entdecke, rufe ich Sie an.«

Weil Ermittlungen wichtiger sind als private Empfindlichkeiten, gab ich dem Weihnachtsmann meine Telefonnummer. Es war für Emil.

Bevor ich von ihm wegschlidderte, drehte ich mich noch einmal um. »Welche Wurstbude?«

»Die dritte von rechts. Mit der blauen Schrift.«

»Danke. Und … ähm, fröhliche Weihnachten.«

Es ist nicht leicht, mit Ledersohlen auf schneeglatten Wegen einer Wurstbude selbstbewusst entgegenzugehen, bei der man gar nicht weiß, was einen da überhaupt erwartet.

Es war auch nicht nötig, kurz bevor ich mein Ziel erreicht hatte, klingelte mein Handy. Es war eine unbekannte Nummer, ich gab meiner Stimme die nötige Festigkeit: »Bergner.«

»Spreche ich mit ›Mattis Ermittlungen aller Art‹?« Eine Kinderstimme.

»Hallo Emil.«

»Hallo. Haben Sie schon etwas herausgefunden?«

»Emil. Es ist elf Uhr. Es ist kalt, glatt und früh. Ich habe erst angefangen.«

Emil war ein ausgesprochen höfliches Kind. »Oh, gut. Ich wollte auch nur mal hören, ob es etwas Neues gibt.«

»Nein, gibt es nicht. Dein Geld gehört noch dir.«

Da stand er. Hugo. Neben Frau Dr. Sabine Leitmeier. Er ließ sie tatsächlich von seiner Wurst abbeißen. Widerlich. Ich wurde ganz starr. Emils Stimme holte mich wieder zurück. »Es geht mir nicht um mein Geld, Frau Bergner. Ich will meinen Hund zurück. Bitte. Sie strengen sich doch an, oder?«

Dr. Sabine Leitmeier hatte sich mit Ketchup bekleckert. Auf den neuen Ledermantel, den meine Versicherung bezahlt hatte. Schön.

»Ja, Emil«, erwiderte ich, »ich strenge mich an. Bis später.« Lächelnd steckte ich mein Handy weg, und in

diesem Moment sah Hugo mich und zuckte zusammen. Ich ging.
Ich hatte zu tun.

Mit dem Bild des erschrockenen Hugo im Kopf verließ ich langsam den Park und steuerte das erste Geschäft an der Hauptstraße an. »Bücherstube Melchior« stand auf dem Fenster, der Mann, der an der Kasse stand und mich anlächelte, hätte gut und gern zu den drei Weisen gehören können.

»Guten Tag«, ich fiel gleich mit der Tür ins Haus. »Ich suche diesen Hund. Haben Sie ihn vielleicht gesehen?«

Nach einem kurzen Blick auf das dieses Mal richtige Foto sagte er freundlich: »Wir haben selten Hunde im Laden. Tut mir leid.«

Dann besah er sich das Bild noch einmal genauer. »Der sieht ein bisschen aus wie der Hund von einem kleinen Kunden von uns. Emil Martens.«

Martens? Nach dem Nachnamen hatte ich gar nicht gefragt.

»Emil Martens. Genau, das ist Emils Hund. Er sucht ihn.«

»Der arme Junge. Erst zieht der Vater aus. Jetzt ist der Hund weg. Wenn er das nächste Mal kommt, werde ich ihm ein Buch schenken. Der liest so viel, der Emil, am liebsten Kriminalromane. Eigentlich noch nichts für sein Alter.«

Daher also. »Was ist mit dem Vater?«

Abwehrend hob der Mann seine Hände. »Der hat es nicht so mit Tieren. Das waren immer nur Emil und seine Mutter. Aber ich glaube nicht, dass er was mit dem Verschwinden des Hundes zu tun hat. Kann ich sonst noch was für Sie tun?«

»Danke. Den Hund suchen. Frohe Weihnachten.«

Eine Glocke klingelte, als ich die Tür hinter mir schloss.

Der nächste Laden war ein Feinkosthändler. Das Geschäft war gut besucht. Ich stellte mich an der Wursttheke an, die Verkäuferin im weißen Kittel, die dort bediente, sah so aus, als hätte sie ihre Augen und Ohren überall. Als ich an der Reihe war, kaufte ich zunächst ein bisschen Schinken und Leberwurst, nur Käsepizza war ja auch langweilig, und schob anschließend Bennis Foto über die Theke. »Das war's. Und ich suche diesen Hund.«

Ihr Lächeln wurde etwas schmaler. »Warum?«

»Er ist weggelaufen. Und ich soll ihn suchen.«

»Der gehört den Martens.« Sie schob mir das

Wurstpäckchen und das Wechselgeld zu. »Sind Sie nur Hundesucherin? Oder gehören Sie zur Familie?«

»Weder noch.« Gunther würde stolz auf mich sein. Ich musste hier alle Ermittlertaktiken anwenden. »Ich arbeite für einen Privatdetektiv. Wir wurden beauftragt. Mit der Hundesuche.«

Klang doch gut. Aber die Dame war hartnäckig.

»Was kostet so was denn? Hat Frau Martens Sie beauftragt?«

Ich blieb cool. »Wir reden nicht übers Geld. Und Emil hat mich beauftragt.«

»Der Junge?« Die Frau beugte sich über die Theke und senkte ihre Stimme: »So ein Süßer. Der Vater ist wegen einer anderen weg, die Mutter arbeitet als Ärztin im Krankenhaus, rund um die Uhr, und Emil hat nur den Hund. Sie müssen den finden. Hier …«, sie fischte mit einer schnellen Handbewegung zwei Würstchen aus einer Schale. »Zum Anlocken. Viel Erfolg. Wenn ich den Hund sehe, rufe ich Sie an. Nummer?«

Ich gab ihr meine Karte. Die Ermittlungen liefen doch gut an. Eines der Würstchen aß ich sofort. Ich würde Benni ein neues kaufen.

Auch in der benachbarten Apotheke kannte man den Hund vom Sehen. Hier erfuhr ich außerdem, dass Emils Mutter nicht nur eine äußerst attraktive, erfolgreiche und engagierte Ärztin war, sondern auch, dass der abtrünnige Ehemann ein Idiot und Emil ein Goldschatz war. Ich brauchte keine Privatdetektiverfahrung, um zu erkennen, dass der kleine, dünne Apotheker in Frau Dr. Martens verknallt und eine Klatschtante war. Trotzdem gab ich ihm meine Nummer, dafür bekam ich ein Tütchen Salmiakpastillen und das Versprechen, die Augen aufzuhalten.

Als Emil mich zum dritten Mal anrief, saß ich gerade an meinem Küchentisch, die blau gefrorenen Füße in einer Schüssel mit heißem Wasser, und sortierte die Ausbeute des Tages. Außer Bonbons, Würstchen, einem Kalender von der Sparkasse, diversen Weihnachtssüßigkeiten und gut gemeinten Versprechen hatte ich nichts vorzuweisen. Ich traute mich kaum, es Emil zu sagen.

»Alle suchen jetzt mit.« Ich versuchte, zuversichtlich und lässig zu klingen, er war doch erst zehn. »Wir werden ihn finden. Sicher.«

»Morgen ist Weihnachten.« Emil tat tapfer. »Vielleicht ist an der Sache mit dem Weihnachtsmann ja doch was dran. Ich kann es ja noch mal versuchen. Mit dem Wünschen.«

»Genau. Das schadet nichts. Und morgen suche ich weiter. Gute Nacht, Emil.«

Bevor ich einschlief, schickte ich einen kurzen Wunsch an den Weihnachtsmann. Er konnte ruhig auch mal was tun.

Das Telefon riss mich aus einem Traum, in dem die Hundewurst Benni sich gerade in Hugos Hintern verbiss und ich ihn dabei anfeuerte. Schlaftrunken wälzte ich mich zur Seite und tastete nach dem Handy.

»Ja?«

»Lisa Bergner? Sind Sie das?«

»Ja. Wer …?«

»Meine Güte, was haben Sie mit Ihrer Stimme gemacht? Hier ist der Weihnachtsmann.«

»Idiot.« Ich wollte das Gespräch schon beenden, als die Stimme lauter wurde.

»Nicht auflegen, im Ernst, ich habe Sie im Park umgerannt. Sie haben mir Ihre Nummer gegeben. Ich habe den Hund gesehen.«

»Was?« Jetzt saß ich. »Wo? Wie spät ist es?«

»Es ist jetzt halb acht. Und der Hund ist mit einer

alten Dame unterwegs, ich stehe jetzt vor ihrem Haus, Kastanienallee 26.«

»Bleiben Sie da. Ich komme.«

In den übrigen elf Monaten des Jahres nannte sich der Weihnachtsmann Lars. Er arbeitete beim Radio und im Dezember im Auftrag des Senders als Weihnachtsmann. Um Kinder zu beglücken. Und in diesem Fall auch mich. Lars hatte Benni auf dem Weg zur Arbeit erkannt, er war sich ganz sicher. Wir standen seit einer halben Stunde bibbernd vor einem kleinen Einfamilienhaus und warteten, dass das Zielobjekt wieder auftauchte. Es schneite wieder leise vor sich hin. Zwischendurch hatte mich Lars gefragt, wie ich den heutigen Heiligen Abend verbringen wollte. Ich sagte es ihm.

»Das ist mein Lieblingsfilm«, hatte er verblüfft gesagt.

»Und dann noch Käsepizza. Das ist ein Zeichen.« Er hatte Schnee in den Haaren und auf den Wimpern und war mit Abstand der bestaussehende Weihnachtsmann, den ich je getroffen hatte. Aber ich hatte einen Auftrag.

»Ich gehe jetzt da hinein. Wenn ich in zehn Minuten nicht wieder da bin ...«

Ich verschluckte den restlichen Satz, das wäre vielleicht doch übertrieben. Aber Lars nickte ernst. »... dann komme ich nach.«

Benni war in echt noch hässlicher als auf den Fotos. Und er roch. Aber sein Charme war so zwingend, dass ich ihn auf meinen Beinen liegen ließ. Emil hockte auf der Armlehne meines Sessels, strahlte und streichelte seinen besten Freund zwischen den Ohren. Wenn mich jetzt jemand so sehen würde, bekäme er ein völlig falsches Bild von mir. Zumal mich auch noch ein Weihnachtsmann verliebt durch den Raum ansah, in dem sich neben einer ausgesprochen gut aussehenden Ärztin auch noch eine alte Dame befand, die ganz aufgeregt ihr Taschentuch knetete.

»Das ist wirklich Ihr Ernst?« In ihren Augen standen Tränen. »Sie sind mir nicht böse, sondern laden mich heute Abend ein? Ich weiß gar nicht, was ich ...«

»Sie sagen gar nichts.« Emils Mutter stellte ihre Kaffeetasse auf den Tisch und erhob sich. »Um sieben gibt es Essen. Es wird Zeit, dass wir mal wieder Weihnachtsbesuch haben. Und ich habe da auch noch eine Idee, darüber reden wir später. Ich muss noch kurz in die Klinik. Emil, willst du mit?«

»Och, nö. Ich ...«

»Ich bringe ihn nach Hause.« Weihnachtsmann Lars sah Emil an, der begeistert nickte. »Ich muss sowieso da vorbei.«

»Danke.« Emils Mutter lächelte. »Bis später.«

Bericht von Lisa Bergner zum Fall »Benni«:

Der Auftrag wurde erfolgreich ausgeführt. Das Zielobjekt befand sich in der Obhut von Annegret Kossens (78), allein lebend in der Kastanienallee 26. Eine Entführung konnte nach Inaugenscheinnahme ausgeschlossen werden. Das Zielobjekt ist freiwillig mitgegangen, Frau K. hatte vor, den Hund nach den Weihnachtstagen wieder zum rechtmäßigen Besitzer zurückzubringen, sie wollte lediglich Gesellschaft haben. Die Rechnung konnte in diesem Fall nicht gestellt werden, da der entscheidende Tipp vom Weihnachtsmann kam, der in unserer Gebührenordnung nicht berücksichtigt ist.

P.S.: Lieber Gunther, Frau Kossens war übrigens mal eine Patientin von Emils Mutter. Sie hat den Hund aber nicht gekannt und ihn nur mitgenommen, weil sie Weihnachten nicht allein sein wollte. Jetzt war sie bei Emil und seiner Mutter eingeladen und wird in Zukunft Emils Tagesoma. Weihnachten ist doch schön, oder?

P.S. 2: Ich gehe heute Abend mit einem Weihnachtsmann Silvester feiern. Zum Ausnüchtern leihen wir uns Neujahr einen Hund und ein Kind zum Schneespaziergang. Sag jetzt nichts.

P.S. 3: Hugo hat mir eine Weihnachtskarte geschickt. Sie erlassen mir die Schulden, weil Dr. Sabine jetzt schwanger und milde ist.

P.S. 4: Ich konnte noch nie schwarze Porsches leiden. Ein wunderbares neues Jahr wünscht dir deine Assistentin Lisa.

Glücksbringer

Es ist nicht so, dass ich abergläubisch bin. Ganz bestimmt nicht. Also zumindest nicht im normalen Leben. Die einzige Ausnahme ist vielleicht Silvester. Da bin ich schon der Meinung, dass man auf bestimmte Dinge achten sollte. Es gibt nämlich Bräuche und Riten, die befolgt werden müssen, um einem Glück für das neue Jahr zu garantieren.

Sie brauchen ein Beispiel? Gern. Vor ein paar Jahren hat mir Freundin Nele zu Weihnachten rote Unterwäsche geschenkt. Für Silvester. Brasilianische, italienische und chilenische Frauen tragen die nämlich in der Silvesternacht und hoffen so auf Liebesglück im neuen Jahr. Ich habe sie angezogen – und im Juni meinen Liebsten getroffen. Hat also geklappt.

Chinesinnen werfen übrigens aus demselben Grund Mandarinen ins Meer, falls Ihnen das mit der roten Wäsche nicht gefällt. Aber ich trage jetzt immer rot. Falls Sie sich allerdings Geld oder einen tollen Job wünschen, dann essen Sie Linsen. Als Suppe, als Gemüse, als Salat, ganz egal, Hauptsache Linsen. Das machen die Amerikaner so am letzten Tag des Jahres – und meine Freundin Anna bekam im letzten Jahr nach der Linsensuppe ihren Traumjob.

Aus Spanien kommt der Brauch, um Mitternacht bei jedem Glockenschlag eine Weintraube zu essen und sich dabei etwas zu wünschen. Axel, der Mann von Anna, hat das mit Bravour gemeistert und sich einen Induktionsherd gewünscht. Und was soll ich sagen? Er hat ihn beim Preisausschreiben eines Möbelhauses gewonnen. Wegen der Weintrauben, garantiert!

In meinem Freundeskreis haben wir vor langer Zeit den schönen Brauch eingeführt, dass jeder zwei Raketen bekommt. An die eine wird ein Zettel geklebt, auf dem alles notiert ist, was im letzten Jahr nicht schön war und deshalb abgeschafft gehört. An die zweite Rakete kommt ein Zettel mit den Wünschen fürs neue Jahr. Zuerst wird das Schlechte in den Himmel geschossen, anschließend folgen die schönen Dinge. Ich bin der festen Überzeugung, dass viele von den wunderbaren Ereignissen der letzten Jahre auf einem unserer Zettel gestanden haben.

Der einzige Nachteil, den all diese Rituale mit sich bringen, ist die Tatsache, dass es relativ kompliziert ist, eine Einladung zu einer Silvesterparty anzunehmen. Im letzten Jahr wurden Nele und ich etwas schief angesehen, als wir unsere Tupperdosen mit Linsen und Weintrauben, unsere Notizzettel, die Stifte, den Draht und die Raketen auspackten. Vorsichtshalber hatte Nele auch noch einen Beutel Mandarinen mit, denn sie wollte ganz sichergehen.

Um Mitternacht waren die Weintrauben dann jedoch verschwunden, was uns völlig aus der Bahn warf. Irgendjemand hatte sie schon vorher gegessen. Und Nele ist immer noch Single, weil ihre rote Unterwäsche blaue Träger hatte und wir die Mandarinen nicht ins Meer werfen konnten. Dieses Jahr gehen wir deshalb kein Risiko ein. Wir feiern bei mir und gehen um Mitternacht, Weintrauben essend, mit Mandarinen und beschrifteten Raketen an die Alster. Das wäre doch gelacht, wenn das nächste nicht unser Jahr würde. In diesem Sinne, rutschen Sie gut hinein, Sie wissen ja jetzt, was zu tun ist.

Reiseallergie

»Zehn Euro ein Los.« Gerlinde stand mit glänzenden Augen vor mir und ließ die Papierröllchen in einer Kunststoffbox kreisen. »Reisen, Kosmetik, Taschen, unsere Werbepartner haben die schönsten Preise gestiftet. Komm, Christine, es ist sogar ein langes Wellness-Wochenende dabei.«

Ich musterte unsere Empfangsdame, die mich aufmunternd anschaute und versuchte, ihren aufgeregten Schluckauf zu unterdrücken. Gerlinde vertrug keinen Sekt, das vergaß sie auf jeder Feier, ganz besonders auf der Weihnachtsfeier. Da war sie immer so aufgeregt – wegen der Tombola. Sie hatte die ehrenvolle Aufgabe, bei den Werbepartnern unserer Zeitschrift Preise zu erbetteln, die Lose drucken zu lassen und anschließend auch noch die Preisverleihung zu vollziehen. Das machte sie jedes Jahr fix und fertig. Aber die Preise waren wirklich toll, das musste man ihr lassen.

»Ich nehme drei Lose«, sagte ich und suchte passendes Geld im Portemonnaie. »Ich will unbedingt das Fahrrad. Kannst du da was drehen?«

Unter Gerlindes strengem Blick fischte ich drei Papierröllchen aus der Box und warf dabei einen Blick auf die Bühne, auf der die Drei-Mann-Kapelle wieder zu ihren Instrumenten griff.

»Hier wird gar nichts gedreht.« Gerlinde zog beleidigt die Box wieder weg. »Da geht alles mit rechten Dingen zu. Das Fahrrad ist übrigens nicht der Hauptgewinn. Das ist dieses Mal die Reise.«

»Ich hasse Reisen«, antwortete ich. »Und mein Fahrrad ist letzte Woche geklaut worden. Vor der Redaktion. Übrigens unter deinen Augen, Gerlinde. Vom Empfang aus hättest du die Diebe sehen können.«

»Also bitte.« Gerlindes Empörung ging in den einsetzenden Takten von »Last Christmas« unter. Ich hasse übrigens auch Weihnachtsfeiern.

Meine Kollegin Anna hatte Gerlindes Abgang beobachtet. »Jetzt ist sie beleidigt«, sagte sie. »Du musst sie nicht immer so provozieren. Sie ist doch die Einzige, die das hier alles zusammenhält, den ganzen Laden, die Weihnachtsfeier und die Tombola. Was hast du eigentlich gegen den Hauptgewinn?«

»Ein langes Wochenende in einem teuren Hotel?« Ich schüttelte angewidert den Kopf. »Lauter alte reiche Schachteln, arrogantes Personal, Handelsvertreter an der Bar, auf schick getrimmte Zimmer und eine ewig lange Anfahrt, schönen Dank auch.«

Genervt verdrehte Anna die Augen. »Du hast so viele Vorurteile! Das kommt davon, weil du nie verreist. Du kannst doch nicht immer deinen gesamten Urlaub zu Hause oder bei deinen Eltern verbringen. So was Langweiliges! Fahr doch mal weg.«

»Meine Eltern leben auf Sylt«, belehrte ich sie sanft.

»Ein schöner Fleck Erde, für den ich noch nicht mal etwas bezahlen muss. Warum sollte ich woandershin? Ich habe da alles, was ich brauche. Und meine Eltern lassen mich weitgehend in Ruhe.«

Anna sah mich verständnislos an. »Mein Gott, Christine. Du hast keine Ahnung, was dir alles entgeht.«

»Ja, ja, ich weiß schon. Wir hatten das Thema schon mehrmals«, unterbrach ich sie und griff zu meinem Weinglas. »Ich habe jedes Mal schlechte Erfahrungen beim Verreisen gemacht. Lass mich doch einfach in Ruhe zu Hause bleiben oder auf die Insel fahren. Sollen doch die anderen durch die Weltgeschichte gurken.« Trotzig schaute ich an Anna vorbei. »Ach, sieh an, da kommt Gunther. Na, der hat auch schon einen im Kahn.«

Gunther war der Leiter unserer Reiseredaktion. Er warf sich mit Schwung auf einen Stuhl und strahlte uns an. »Na, ihr Süßen?«, nuschelte er. »Alles klar bei euch? Mannomann, ich habe den Winter jetzt schon satt, dabei fängt er erst an. Aber ich hab meinen Urlaub schon gebucht. Costa Rica, Ende Januar. Das wär doch auch was für dich, Christine, oder?«

»Ich habe Flugangst«, antwortete ich wie aus der Pistole geschossen. »Ich packe nicht gern Koffer, ich schlafe nicht gut in fremden Betten, ich habe keinen Orientierungssinn und verlauf mich an fremden Orten. Dafür habe ich eine schöne Wohnung und will nicht für viel Geld Reisen buchen, zu denen ich sowieso keine Lust habe. Noch Fragen?«

Anna und Gunther sahen sich nur an.

»Wir kommen zur Preisverleihung«, erklang Gerlindes aufgeregte Stimme plötzlich durch das Mikrofon. »Unsere Werbepartner haben uns wieder wunderbare Preise zur Verfügung gestellt. Ich bitte um Applaus.«

Während meine Kollegen frenetisch klatschten, wickelte ich meine drei Lose aus. »Hauptsache dabei«, las ich, also eine Niete. Das zweite Röllchen enthüllte ein tröstendes »Nicht traurig sein«. Alles klar, ich hatte noch nie etwas gewonnen. Der Erlös der Tombola ging an einen guten Zweck, das war der einzige Grund, hier mitzumachen. Auch wenn ich auf das Fahrrad spekuliert hatte. Das dritte Los wickelte ich ganz langsam aus und las: »Herzlichen Glückwunsch. Sie haben die Siegernummer 3«.

»Yes!«, rief ich und zeigte Anna das Los. »Drück mir die Daumen, dass es das Fahrrad ist.«

Anna hatte drei Nieten und sah mich neidisch an. Bevor sie etwas sagen konnte, meldete sich Gerlinde wieder zu Wort.

»Ich möchte euch an dieser Stelle ausdrücklich darum bitten, diese Preise, falls es Gutscheine sind, weder umzutauschen noch sie verfallen zu lassen. Das würde unter Umständen auf mich zurückfallen. Danke. So, dann beginnen wir. Die Gewinnernummern sind willkürlich geordnet, damit es spannend bleibt. Als Erstes haben wir einen Gutschein für eine Kosmetikbehandlung, je nachdem für Herren oder Damen. Der hat die Gewinnernummer zwei. Wem darf ich gratulieren?«

Unter freundlichem Applaus ging Gunther zur Bühne. Richtig begeistert wirkte er nicht. Gerlinde dagegen war in ihrem Element. Sie küsste den Gewinner und gratulierte ihm und fuhr dann fröhlich fort. Die Nummer fünf war ein Restaurantbesuch, die vier ein Kofferset, die eins das nagelneue Fahrrad. Anna schickte mir ein tröstendes Lächeln. Die Gewinnerin war Jutta aus der Buchhaltung. Und ich bildete mir ein, dass Gerlinde mir einen triumphierenden Blick zuwarf. Enttäuscht knüllte ich das Los wieder zusammen. Schade.

»Jetzt kommen wir zu einem ganz besonderen Preis.« Gerlinde wartete ab, bis Jutta das Fahrrad an die Seite geschoben hatte. »Das neu eröffnete Wellnesshotel ›Seesternchen‹ in Hörnum auf Sylt hat ein langes Wochenende gestiftet. Luxus pur von Donnerstag bis Sonntag. Und freuen kann sich die Gewinnernummer ... drei.«

Mein Blick lag immer noch auf dem schönen Fahrrad, bis Anna mich anstieß.

»Christine, die Drei. Das bist du.«

Gerlinde sah sich ungeduldig um: »Wer hat denn das Los mit der Drei?«

»Hier«, brüllte Gunther und zeigte auf mich. »Christine. Unsere Reisemaus.«

»Nach Hörnum?« Ich schüttelte ablehnend den Kopf.

»Was soll ich denn da? Kann ich nicht mit Jutta tauschen?« Langsam stand ich auf und ging Richtung

Bühne zu Gerlinde, die mir mit schmalen Lippen den Umschlag überreichte.

»Glückwunsch«, sagte sie bemüht lächelnd und schickte leise hinterher: »Versuche gar nicht erst zu tauschen. Sonst werde ich mich nie wieder um diese Tombola kümmern.«

»Das ist Erpressung«, zischte ich zurück.

Gerlinde nickte und lächelte in Richtung unseres Chefs.

In den folgenden Wochen traf mich der Spott der gesamten Redaktion. Es gab tatsächlich niemanden, der mir nicht zu diesem Preis gratulierte. Es war allen bekannt, dass ich nicht gern verreiste, und nun ausgerechnet Hörnum. Meine Eltern lebten am anderen Ende der Insel. Da fand ich es auch schöner. Was sollte ich in diesem neu eröffneten Hotel herumsitzen, das ich nicht kannte? Ich hatte einfach keine Lust. Aber die Kollegen hatten ihren Spaß.

Zwei Tage vor dem Reisetermin saß ich in meinem Wohnzimmer und starrte zum hundertsten Mal auf den Hotelprospekt. Der war ja auch ganz schön. Sie konnten ja nicht wissen, dass ausgerechnet ich dieses Wochenende gewinnen würde. Das war einfach

Pech. Für sie und für mich.

Resigniert warf ich den Prospekt auf den Tisch, im selben Moment klingelte das Telefon.

»Hallo Christine, hier ist Pia.«

Die Stimme meiner Cousine klang belegt, entweder war sie erkältet oder verheult. In der nächsten Sekunde sollte ich es erfahren.

»Ich muss ein paar Tage hier weg. Ich habe mich mit Stefan gestritten. Kann ich Donnerstag zu dir nach Hamburg kommen?«

Also verheult. Ich zog den Prospekt näher zu mir.

»Ich, ähm, ich bin am Wochenende nicht hier. Ich muss Donnerstag leider weg.«

»Üh.« Pias Enttäuschung war deutlich zu hören. »Beruflich? Wo musst du hin?«

»Nach Sylt«, ich schluckte. »Ich habe …«

»Du kommst her?« Pia klang jetzt irritiert. »Ich habe Onkel Heinz heute getroffen, der hat aber nichts davon gesagt, dass du nach Hause fährst.«

»Ich fahre auch nicht nach Hause, ich fahre in dieses neue Hotel nach Hörnum. ›Seesternchen‹. Meine Eltern wissen das gar nicht.«

»Ins Hotel nach Hörnum?« Pias Irritation wuchs.

»Was machst du denn da? Du kannst doch Hotels nicht leiden. Und dieses neue Ding ist so ein riesiger

Kasten. Das haben irgendwelche Berliner gebaut. Die haben noch nicht mal die Insulaner zur Einweihung eingeladen. Dein Vater findet das unmöglich.«

»Ich weiß.« Ich wedelte mir mit dem Prospekt Luft zu.

»Ich habe das Wochenende bei unserer Weihnachtstombola gewonnen. Meine Kollegen bestehen darauf, dass ich den Gutschein einlöse. Erst wollte ich es meinen Eltern erzählen, aber dann kam mir die Idee, dass ich auch mal inkognito auf die Insel fahren könnte. Ich finde es ja selber komisch, auf der Insel woanders zu wohnen. Viel Lust habe ich nicht. Aber ich ziehe das jetzt durch und fertig. Und du verrätst mich bitte nicht.«

Pia schwieg.

»Ist das ein Doppelzimmer?«, fragte Pia zögernd.

»Ja, warum fragst du?«

»Kann ich mit?« Pias Stimme klang kläglich. »Ich muss hier wirklich weg. Und ich sage einfach, ich fahre zu dir nach Hamburg. Da kommt doch keiner aus der Familie drauf, dass wir beide auf der Insel fremdschlafen. Und vor allen Dingen soll Stefan das nicht wissen. Der soll mich ruhig vermissen.« Sie schniefte plötzlich laut. »Ich glaube, der hat eine andere.«

»Aber Pia, ich glaube nicht …«

Pia unterbrach mich sofort. »Das ist doch eine großartige Idee. Wir fahren da zusammen hin. Stefan denkt, ich wäre in Hamburg, und ich kann heimlich gucken, was er macht. Das ist super. Ich fahre mit dem Zug nach Niebüll, und wir treffen uns da und fahren zusammen wieder auf die Insel zurück. Das merkt kein Mensch.«

Das hörte sich alles gar nicht gut an. Als ob es nicht reichte, dass ich unlustig in ein Schickimicki-Hotel fahren musste, nein, jetzt sollten wir auch noch den Freund meiner Cousine beschatten.

»Pia, glaubst du wirklich …?«

»Ja.« Sie klang auf einmal sehr entschlossen. »Ich komme mit. Wir sagen es keinem, hörst du, sonst weiß Stefan das sofort. Auf dieser Insel wird zu viel getratscht. Und ich finde schicke Hotels schön. Also, Donnerstagmittag in Niebüll. Danke, Christine, ich freue mich.«

Sie legte auf, und ich nahm mir vor, nie wieder Lose für die Weihnachtstombola zu kaufen. Dann machte ich mich auf den Weg zu meiner Nachbarin, um mir ihren Koffer zu leihen.

Der Zug nach Westerland war rappelvoll. Damit hatte ich nicht gerechnet, schließlich befanden wir uns in der Nebensaison und die Wettervorhersage war katastrophal, es war sogar von einer Sturmflut die Rede. Ich hatte den letzten freien Platz in diesem Wagen ergattert und hielt meine Beine krampfhaft übereinandergeschlagen, damit ich dem mir gegenübersitzenden dicken Typen, der eine Dose Bier nach der anderen trank, nicht ins Gehege kam. Er hatte zweimal versucht, mit mir ein Gespräch anzufangen, ich hatte die einzigen beiden Sätze gesagt, die ich auf Dänisch konnte. Es funktionierte: Er hielt mich tatsächlich für eine Dänin und ließ mich in Ruhe.

Kurz vor Niebüll hatte sich der Regen verstärkt und der Wind zugenommen. Das überraschte mich nicht, es gab einen kausalen Zusammenhang zwischen meinen früheren Urlauben und dem Wetter. Es war immer schlecht gewesen, wenn ich verreiste. Auf Sardinien hatte ich die kältesten Septemberwochen seit den Wetteraufzeichnungen erlebt, in Fuerteventura den schlimmsten Sandsturm seit Menschengedenken, auf Juist musste ich wegen Eisganges und Sturm meinen Silvesterurlaub bis Mitte Januar verlängern, und in Portugal wurde mein Hotel wegen der Waldbrände evakuiert. Dazu kamen diverse Allergien, zwei Lebensmittelvergiftungen, ein undefinierbarer Insektenstich, der mich fast ins Koma brachte, und der Diebstahl meiner Handtasche mit allen Papieren und dem gesamten Urlaubsgeld. Nach diesen Erfahrungen war für mich das Thema Reisen erledigt. Entweder ich zog die Katastrophen an oder die Katastrophen mich.

Und nun musste ich ausgerechnet auf meiner Heimatinsel Urlaub machen, begleitet von einer Sturmflutwarnung und einer liebeskummerkranken Cousine. Das Leben und die Weihnachtstombola waren nicht gerecht.

Kurz vor Niebüll goss es wie aus Kübeln, der Sturm riss an den Bäumen und die ersten Mitreisenden brachten ihre Bedenken zur Sicherheit des Zuges auf dem Hindenburgdamm zum Ausdruck. Ich hatte mich mittlerweile in mein Schicksal gefügt, Gerlinde kaum noch verflucht und eine SMS meiner Cousine gelesen, in der stand, dass ich in Niebüll aussteigen müsse, da ihr Zug von der Insel wegen des Sturms Verspätung habe.

Nach drei Kaffee und einer Portion Pommes mit Ketchup traf der verspätete Zug aus Westerland ein. Ich ließ den Eingang nicht aus den Augen, nach drei Minuten wurde die Tür tatsächlich aufgerissen und Pia in ihrer dicksten Regenjacke, mit Mütze, Schal und Handschuhen, einen riesigen Koffer hinter sich herziehend, betrat die Bahnhofsgaststätte. Sie ließ den Koffer am Eingang stehen, schoss auf mich zu, umarmte mich kurz und sagte atemlos: »Beeil dich, der Zug zurück kommt in zwei Minuten. Das ist dann vielleicht der letzte, wir haben fast Windstärke 9, und irgendwann wird der Bahnverkehr eingestellt.«

Es war gar nicht so einfach, Pias monströsen Koffer in den Zug zu wuchten, wir schafften es mit vereinten Kräften und gerade im letzten Moment vor der Abfahrt.

»Was für ein Scheißwetter«, stöhnte Pia, während sie sich schwerfällig auf ihren Platz fallen ließ. »Ich hatte schon Angst, dass die Züge gar nicht mehr fahren.«

Von der Welt draußen war nichts mehr zu erkennen, ich sah nur auf die dicken Regentropfen, die an die Scheibe trommelten.

»Was um alles in der Welt hast du alles mit?« Pias Koffer war so schwer, dass überhaupt nicht daran zu denken war, dieses Teil auf die Gepäckablage zu hieven. Der Koffer stand zwischen uns und nässte vor sich hin.

»Ich habe Stefan gesagt, dass ich noch nicht weiß, wann ich wieder zurückkomme«, entgegnete Pia. »Er hat mich trotzdem zum Bahnhof gefahren. Ich hatte mir eigentlich überlegt, die Fahrt zu sparen und gleich in Westerland zu bleiben, aber Stefan hat mich bis zum Bahnsteig gebracht und mir auch noch den Koffer in den Zug gestellt. Und so musste ich fahren. Was ein Stress.«

Sie schloss kurz die Augen, dann riss sie sie wieder auf und grinste mich an. »Drei Tage Luxus umsonst, Christine. Vielen Dank. Also, ich freue mich.«

Ich sah sie lange an, dann deutete ich aus dem Fenster.

»Regen, Sturmflut, Dunkelheit. Und wir sitzen in Hörnum fest. Außerdem habe ich heute Nacht geträumt, dass wir meinen Eltern über den Weg laufen. Dir ist schon klar, dass mein Vater tödlich beleidigt wäre, wenn er mitkriegte, dass ich auf der Insel bin und mich nicht melde?«

»Du hast ihnen echt nichts erzählt?« Pia blickte bewundernd. »Das hätte ich dir nicht zugetraut. Du kannst doch so schlecht lügen. Ich habe meinen Eltern gesagt, dass ich das Wochenende mit dir verbringe, das stimmt ja sogar. Sie haben gar nicht gefragt, wo. Aber Onkel Heinz und Tante Charlotte kriegen doch gar nicht mit, dass wir in Hörnum sind. Und bei dem Wetter fahren sie bestimmt nicht durch die Gegend.«

Inzwischen fuhren wir über den Hindenburgdamm. Die Wellen klatschten bis an die Schienen. Vermutlich würde der Bahnverkehr tatsächlich bald eingestellt werden, und die Insel wäre abgeschnitten. Himmelherrgott, warum bloß hatte Jutta das Fahrrad gewonnen und ich diese blöde Reise?

Der Sturm riss uns fast um, als wir auf dem Bahnhofsvorplatz in Westerland eintrafen. Innerhalb weniger Minuten waren wir klatschnass.

»Es ist kein einziges Taxi da«, fluchte Pia und wischte sich den Regen aus dem Gesicht. »Das glaube ich jetzt nicht! Los, dann nehmen wir den Bus, der steht da.«

Es waren kaum Menschen unterwegs, die Sturmwarnung hatte die meisten davon abgehalten, sich im Freien aufzuhalten. Mit gebeugten Köpfen beeilten wir uns, zum Bus zu kommen. Der Fahrer kassierte den Fahrpreis und guckte uns mitleidig an.

»Dann holt euch mal nichts weg«, sagte er. »Da habt ihr aber Glück gehabt. Das war der letzte Zug und dies ist der letzte Bus. Dann ist Schluss. Sturmflutwarnung. Der Koffer kann übrigens nicht im Gang stehen bleiben. Schiebt den zwischen die Sitze. Das Fahren ist schon schwierig genug, ohne dass hier die Koffer durch die Gegend fliegen.«

Außer uns saßen nur zwei alte Damen im Bus. Wir schoben Pias Monsterkoffer zwischen die Bänke und legten meine kleine Reisetasche daneben.

Meine Cousine sah mich vielsagend an. »Ich will ja nicht unken, aber kann es sein, dass es doch an dir liegt? Wir hatten hier seit fünf Jahren keine solche Sturmflut mehr. Und jetzt verbringst du hier einmal ein Wochenende in einem Hotel und zack! Irgendwie komisch, oder?«

Ich betrachtete meine durchweichten Schuhe und sehnte mich nach meiner schönen Wohnung in Hamburg. Ich hoffte nur, dass die Sauna im Hotel lange geöffnet war.

Das Hotel war zum Glück nicht sehr weit von der Bushaltestelle entfernt. Wir mussten uns nur knappe zehn Minuten gegen den Sturm stemmen, die reichten aber, damit das Wasser auch bis in die letzten Unterwäscheschichten vordringen konnte.

Pia hob kurz den Kopf und starrte mit zusammengekniffenen Augen Richtung Hotel. »Das sieht so dunkel aus«, rief sie mir zu, um den Sturm zu übertönen. »Ich glaube, die sind nicht ausgebucht.«

Mit letzter Kraft schleppten wir uns und Pias Koffer zur Eingangstür, die wie von Geisterhand aufging. In der schummrigen Rezeption stand eine junge Frau, die gerade hektisch mit einem Gasfeuerzeug Unmengen von Teelichtern anzündete. Meine Schuhe machten unanständig schmatzende Geräusche, als ich über die Fliesen ging. Pias Koffer hinterließ zwei nasse Linien.

»Guten Abend«, sagte ich und blieb vor dem Empfangstresen stehen. »Mein Name ist Christine Schmidt von der Zeitschrift ›Femme‹. Ich habe einen Gutschein für ein Wochenende für zwei Personen.«

»Ach je.« Fassungslos sah die junge Frau mich an. »Ich habe ein paarmal versucht, Sie zu erreichen, aber anscheinend stimmte die Nummer nicht. Also, Frau Schmidt, wir haben ein kleines Problem.«

Das war klar. In meinen Urlauben gab es immer kleine Probleme. Ich war gespannt, welches es dieses Mal war.

»Kein Strom?«, fragte ich freundlich, um erst mal mit dem Offensichtlichen anzufangen.

»Ähm, ja«, antwortete sie zerstreut und blätterte in

einer Liste. »Das auch. Also, seit einer Stunde. Irgendein Strommast ist umgeknickt, aber die Elektrizitätsgesellschaft ist schon dabei. Ich hoffe, dass es nicht so lange dauert. Nein, das Problem ist, dass wir an diesem Wochenende eine Tagung des Verbandes der Reiseveranstalter haben. Es gab ein Missverständnis bei der Buchung. Na, um es kurz zu machen, wir sind total ausgebucht. Es tut mir sehr leid.«

Sie sah uns unglücklich an, bevor sie fortfuhr. »Mein Chef kommt aber gleich, vielleicht findet sich irgendeine Lösung.«

»Die muss sich finden«, antwortete Pia und zeigte nach draußen. »Wir kommen nämlich heute Abend hier nicht mehr weg.«

Am Ende des Ganges öffnete sich eine Tür, und eine Gruppe lärmender Männer drängte in das Foyer. »Wie soll man denn so arbeiten?«, »Gibt es nicht mal Kaffee?«, »Was ist denn das für ein Scheiß?«, »Habt ihr gehört? Weder Flugzeuge noch Fähren noch Autozüge. Frühestens morgen Mittag!«, »Wessen Idee war es eigentlich, die Tagung hier zu machen?«

Die Stimmung beim Verband der Reiseveranstalter war eindeutig gereizt. An der Spitze der Gruppe stand ein dicker Mann. Als er sich umdrehte, erkannte ich den Dosenbiertrinker aus dem Zug wieder.

Zu Pia gebeugt sagte ich leise: »Sprichst du eigentlich ein bisschen Dänisch?«

Sie guckte nur erstaunt.

»Frau Schmidt?«

Hinter mir stand plötzlich ein Mann in elegantem Businessoutfit. »Guten Abend, mein Name ist Thomsen, ich bin der Geschäftsführer hier und … Pia?«

Erstaunt starrte er meine Cousine an, die sich jetzt erst umgedreht hatte. »Was machst du denn hier?«

»Ach nee, Jasper.« Lässig musterte Pia ihn. »Du bist hier Geschäftsführer? Seit wann das denn? Christine, das ist Jasper Thomsen, wir sind zusammen zur Schule gegangen. Das ist meine Cousine Christine Schmidt. So, wie lange müssen wir denn noch hier rumstehen? Meine Schuhe lösen sich gleich auf.«

»Ist was passiert?« Der coole Geschäftsführer wirkte irritiert. »Ich meine, weil du hier Gast bist.«

»Das ist doch völlig egal.« Pia trat von einem Fuß auf den anderen. »Christine hat einen Gutschein für ein Luxuswochenende gewonnen, und den wollen wir jetzt einlösen. Jetzt, Jasper.«

»Tja.« Nervös kaute er auf seiner Unterlippe. »Frau

Martin hat es ja schon gesagt, wir hatten einen Buchungsfehler und sind mit dem Seminar leider total ausgebucht. Was machen wir denn jetzt? Könnt ihr nicht ...«

»Herr Thomsen?« Die aufgeregte Frau Martin verschaffte sich Gehör. »Die Straße in Rantum ist überflutet, es gibt keine Möglichkeit, nach Westerland zu kommen. Ich habe die anderen Hotels in Hörnum schon abtelefoniert, die sind auch alle wegen des Reiseveranstalterverbandes ausgebucht. Was machen wir denn jetzt?«

»Und ihr kommt im Moment ja auch gar nicht weg«, sagte Jasper und wirkte dabei deutlich überfordert. »Die einzige Möglichkeit ist das Personalzimmer. Frau Martin, ist das in Ordnung?«

»Ja«, antwortete sie zögernd. »Im Großen und Ganzen schon.«

Der Männertrupp, der im Gang stand, war immer noch sehr aufgebracht und man rief nach dem Geschäftsführer. Jasper Thomsen nickte uns kurz zu und eilte von dannen. Wir sammelten unser Gepäck ein und folgten Frau Martin ins Personalzimmer.

Als wir schließlich alleine waren, blieben Pia und ich lange an der Tür stehen und betrachteten schweigend das Zimmer. Pia fasste sich zuerst. »Ich muss meine nassen Klamotten ausziehen«, sagte sie. »Und duschen. Was hat sie gesagt? Die Dusche ist die erste Tür rechts auf dem Flur, oder?«

»Ja«, ich nickte. »Neben dem Klo. Hast du die Bettwäsche gesehen?«

»Biber.« Pia strich kurz über die Decke. »Und diese Retromuster sind im Moment der letzte Schrei. Ich gehe mal duschen.«

Nachdem die Tür hinter ihr ins Schloss gefallen war, ließ ich mich auf das eine der beiden schmalen Betten sinken. Es war das schlimmste Zimmer, das ich je betreten hatte. Die Möbel sahen aus, als hätte man sie aus dem Kinderzimmer einer Zwölfjährigen geklaut, es fehlte nur ein Poster von Justin Bieber. Wahrscheinlich hatten wir noch Glück, dass die Beleuchtung aus Kerzenlicht bestand, bei Tageslicht war es vermutlich noch schlimmer.

Von wegen Luxuswochenende. Ich machte für alle Fälle Fotos, um sie später Gerlinde zu schicken. Sie würde sie für gefaked halten. Vom Flur hörte ich einen Schrei, der nach Pia klang. Jetzt hatte sie wahrscheinlich gemerkt, dass bei Stromausfall auch das Wasser kalt blieb. Ich hätte ihr das sagen sollen.

Später am Abend saßen wir im Kaminraum. Der Kamin verbreitete zwar eine gewisse Wärme und wir bekamen auch, dank eines Gasherds, eine warme Suppe. Dafür teilten wir uns den Raum mit etwa fünfzig angetrunkenen Reiseverkehrskaufleuten. Mein dicker Zugbegleiter war auch wieder dabei und feuerte böse Blicke auf mich ab, weil ich seinen dänischen Kollegen, der sich mit mir unterhalten wollte, nicht verstanden hatte. Jetzt hatte auch er gemerkt, dass ich keine Dänin war.

Pia rief in der Zwischenzeit ihre Mutter an, die ihr munter erzählte, dass sie so froh sei, sie bei mir in Hamburg zu wissen. Der gesamte Süden der Insel hätte nämlich aufgrund der Sturmflut keinen Strom, nur im Norden sei alles in Ordnung. Pias Eltern saßen also gerade schön gemütlich mit meinen Eltern zusammen und spielten Karten. Im Warmen. Aber sie hätten Stefan getroffen, zufällig, der mit Berit zusammen auf dem Weg zum Feuerwehrhaus gewesen sei. Die Ärmsten hätten bei diesem Sturm natürlich Dienst.

»Berit?« Pia hatte entsetzt nachgefragt und mir anschließend erzählt, dass Berit anscheinend die einzige Frau bei der Freiwilligen Feuerwehr und außerdem die Exfreundin von Stefan war.

»Ich habe es doch gewusst«, sagte Pia wütend. »Ich kann nur hoffen, dass wir die Feuerwehr hier nicht brauchen werden.«

»Sie müssen uns doch nur retten, wenn wir auf dem Dach sitzen«, beruhigte ich sie. »Und so schlimm wird es nicht. Hat dein alter Schulfreund zumindest vorhin gesagt. Der Sturm lässt morgen nach. Und für das Hotel besteht keine Überflutungsgefahr.«

Die Sauna war natürlich auch außer Betrieb, genauso wie die Fernseher, sodass uns nichts anderes übrig blieb, als auf Kosten des Hauses ziemlich viel Rotwein zu trinken. Jasper Thomsen entschuldigte sich alle zehn Minuten für die Fehlbuchung, für die Sturmflut und für die ganzen Unbequemlichkeiten und bemühte sich sehr um uns. Außerordentlich sogar, und ich fragte ihn irgendwann, ob er in meine Cousine verknallt sei. Das könnte im Moment ganz passend sein, weil doch Stefan jetzt mit Berit zusammen die Insel rettete.

Er sah mich etwas verwirrt an. Dafür küsste Pia ihn zum Abschied auf den Mund. Danach gingen wir mit der Taschenlampe in unser Personalzimmer. Jasper Thomsen sah uns lange nach.

Am nächsten Morgen war der Strom wieder da, der Sturm hatte sich abgeschwächt und wir waren verkatert. Nach dem Frühstück überlegte Pia, wie sie Stefan am geschicktesten zur Rede stellen könnte. »Am besten fahre ich zu Berit, ich könnte wetten, dass er auch da ist.«

»Mit dem Bus und deinem Monsterkoffer?« Ich köpfte das Ei mit einem gezielten Schlag. »Und was willst du ihm sagen?«

»Dass Schluss ist.« Pia sah mich triumphierend an.

»Und den Koffer lasse ich hier. Danach komme ich zurück und wir gehen in die Sauna.«

»Ist die Straße denn überhaupt wieder frei?«

»Nein, noch nicht.« Jasper Thomsen war an unseren Tisch getreten und hatte anscheinend unser Gespräch mitangehört. »Heute Mittag vermutlich. Und die Sauna ist leider auch noch nicht in Betrieb. Wir haben da offensichtlich ein Problem mit der Technik.«

Wie könnte es auch anders sein? Ich wischte mir über die Stirn. Irgendetwas juckte da.

»Hat dich was gestochen?« Pia ignorierte den Geschäftsführer und beugte sich vor. »Du hast da so kleine Beulen.«

Während sie das sagte, hatte ich das Gefühl, dass sich diese Beulen vermehrten. Jetzt besah sich auch Jasper mein Gesicht.

»Stimmt«, sagte er. »Das sieht nicht gut aus. Bist du auf etwas allergisch?«

Auf das Reisen, dachte ich mir, und im selben Moment spürte ich, dass sich immer mehr Beulen bildeten und mein Kopf ganz heiß wurde.

»Wir haben zufällig einen Gast hier, der Arzt ist«, Jasper gab sich mitfühlend. Wahrscheinlich wollte er Pia beeindrucken. »Soll er vielleicht mal draufgucken?«

Mittlerweile juckte es überall. »Das muss nicht sein«, antwortete ich schwach und rieb mir den Unterarm, auch da tauchten die Hubbel auf. »Bloß keine Umstände.«

»Aber das macht doch nichts«, sagte Jasper beflissen und machte sich auf die Suche nach jemandem, der sich mit Beulen auskannte.

Den restlichen Tag verbrachte ich unter der Retrobettwäsche im Personalzimmer. Der nette Arzt entpuppte sich als Kinderarzt. Er hatte sich am Kopf gekratzt, seine Brille abgesetzt und gesagt, dass er so etwas noch nie gesehen habe. Er würde auf eine allergische Reaktion tippen, hatte mir ein paar Tabletten gegen den Juckreiz dagelassen und mir empfohlen, auf mein Zimmer zu gehen. Erstens sähe ich momentan eher abschreckend aus und zweitens sei er sich nicht sicher, ob das Ganze nicht ansteckend sei. Ich solle auf keinen Fall in die Sauna, ins Schwimmbad oder in die Kälte gehen. Außerdem würde er vor scharfem Essen, Alkohol und Zucker warnen. Aber er wünschte gute Besserung.

Pia hatte mich skeptisch angesehen und plötzlich gemeint, dass sie überhaupt keine Lust hätte, sich anzustecken.

»Weißt du was? Du legst dich am besten ein bisschen hin und ich versuche, nach List zu kommen. Ich muss wissen, ob da etwas mit Stefan und Berit läuft. Das verstehst du doch, oder?«

Ich verstand es natürlich nicht, außerdem fand ich es ganz furchtbar, allein hierzubleiben, aber ich schloss nur resigniert die Augen und wünschte mich in mein eigenes Bett. Ohne Beulenpest.

Einige Zeit später lag ich, mich unaufhörlich kratzend, immer noch in diesem scheußlichen Zimmer und stellte endlich fest, dass man die Zimmerantenne des klitzekleinen Fernsehers durchaus so drehen konnte, dass man einen Sender fast ohne Flimmern sehen konnte. Deshalb verfolgte ich zwei Stunden lang das Verkaufstalent eines jungen Mannes, der erst Damenblusen mit Applikationen und danach Zimmerspringbrunnen verkaufte. Ich bot nicht mit. Das wäre auch gar nicht gegangen. Es gab kein Telefon im Zimmer und ich hatte vergessen, mein Handy in den letzten Stunden aufzuladen. Jetzt war der Akku leer. Ich war gerade aufgestanden, um das Ladekabel zu suchen, als der Bildschirm plötzlich schwarz wurde und das Licht ausging. Der Strom war wieder weg. Ich konnte noch nicht einmal jemanden anrufen. Das war der Punkt, an dem meine Leidensfähigkeit erschöpft war.

Frau Martin stand, einem Nervenzusammenbruch nah, mit einem Handy am Ohr an der Rezeption. Als sie mich sah, hob sie abwehrend die Hand und ging einen Schritt zurück. »Es ist mir egal, wie Sie das hinkriegen, aber wenn hier in einer halben Stunde die Lichter immer noch aus sind, dann können Sie sich warm anziehen.«

Sie legte das Telefon weg und sah mich mitleidig an.

»Oje, das wird ja immer schlimmer mit Ihrer Allergie. Das ist gemein, wenn man so etwas ausgerechnet auf Reisen bekommt. Steckt das eigentlich an?«

Ich starrte sie nur an.

»Die Stromversorgung ist jetzt nicht wegen des Sturmes weg, sondern weil jemand von der Feuerwehr bei Aufräumarbeiten ein Kabel gekappt hat. Ich nehme an, dass es hier gleich wieder hell wird. Ach so, und nachher können Sie in ein anderes Zimmer umziehen, einige der Verbandsmitglieder reisen gleich ab. Und ...«

Die aufgehende Tür wehte einen kalten Luftstrom ins Foyer zusammen mit einer tiefen Stimme, die mir bekannt vorkam.

»Hallo Frau Martin, wir haben das Kabel gefunden, es ist ... Christine? Was machst du denn hier? Du siehst ja grauenhaft aus.«

»Danke, Stefan. Und was machst du hier?«

Er tippte sich an das Revers seiner Feuerwehruniform.

»Ich bin im Dienst. Die Sturmflut hat einige Schäden angerichtet. Und außerdem wollte ich Pia sagen, dass unser Dach ein Loch hat.«

»Wieso Pia?«

Ich hatte mittlerweile wohl auch Beulen im Hirn,

wieso wusste Stefan, dass Pia hier war?

»Ihr seid doch zusammen hier. Das hat mir Jasper gestern erzählt. Er fand es komisch, dass Pia hier ins Hotel geht. Ich eigentlich auch, aber das kann sie mir nachher ja auch selbst erklären. Da kommt sie ja.«

In diesem Moment kam Pia durch die Eingangstür geschossen, stutzte kurz und baute sich dann vor Stefan auf.

»Was willst du hier?«

Er lächelte sie entwaffnend an und antwortete: »Dir sagen, dass unser Dach einen Sturmschaden hat, der erst morgen repariert werden kann, und außerdem wollte ich mich entschuldigen. Es tut mir leid, dass wir uns gestritten haben. Das war nicht so gemeint.«

»Könntet ihr das bitte später unter vier Augen klären?« Meine Beulen juckten wie die Hölle. »Ich muss dringend zu einem Hautarzt. Bist du mit dem Auto hier, Stefan?«

»Ja, klar. Mit dem Feuerwehrbus. Ich kann dich fahren.«

»Ist die Straße ganz frei? Bis zum anderen Ende der Insel?«

»Ja.« Stefan nickte. »Schließlich haben wir die ganze Nacht gepumpt und frei geräumt.«

Fest entschlossen sah ich Pia an. »Dann fahre ich jetzt zum Arzt und danach nach Hause. Mir reicht es.«

»Aber wir haben jetzt ein schönes Zimmer für Sie.« Frau Martin winkte aufgeregt mit einem Schlüssel. »Der Gutschein gilt doch für drei Nächte inklusive Spa-Bereich und Frühstück. Sie müssen nicht abreisen. Ich kann den Gutschein ja auch nicht auszahlen.« Sie wirkte fast verzweifelt, vielleicht hatte sie Angst, dass ich in der ›Femme‹ eine vernichtende Kritik schreiben würde.

»Dann bleiben wir eben«, sagte Pia und drückte Frau Martin tröstend den Arm. »Stefan und ich, meine ich. Wenn das Dach sowieso kaputt ist, dann können wir ja nicht nach Hause.«

Genau in diesem Moment ging das Licht wieder an. Frau Martin guckte dankbar zur Decke und lächelte.

»Meinetwegen. Es ist ja alles bezahlt und gebucht.«

Meine Erleichterung war genauso groß. »Schön. Dann hole ich jetzt meine Tasche.«

Auf den Straßen waren kaum noch Sturmschäden zu sehen. Als Stefan vor der Praxis des Hautarztes hielt, fragte ich ihn noch kurz vor dem Aussteigen: »Wie ist denn das mit dem Kabel passiert?«

»Das hat Berit gekappt. Sie guckt nie richtig hin. Sie ist eigentlich nur bei der Feuerwehr, weil ihr Mann auch dabei ist.«

»War sie nicht mal deine Freundin?«

Stefan sah mich irritiert an. »Ja. Ich war damals neun. Und sie sieben.«

Manchmal fragte ich mich, warum Pia eigentlich immer so übertreiben musste.

In der Praxis sah die Sprechstundenhilfe mich nur kurz an. »Ach je. Tut es weh oder juckt es nur?«

»Es juckt.«

»Dann kommen Sie mal gleich mit.«

Sie stand auf und ging vor, im selben Moment ging die Tür hinter uns auf.

»Guten Morgen, ich muss ... Christine?«

Ich drehte mich auf dem Absatz um und stand meinem Vater gegenüber. Sein Gesicht war von lauter Pusteln übersät. Wir sahen uns sehr ähnlich.

»Christine! Du hier? Das gibt es ja gar nicht. Mein Gott, du siehst aber nicht gut aus.«

»Auch nicht schlimmer als du.« Ich berührte vorsichtig die größte der Beulen. »Tut es weh oder juckt es nur?«

»Es juckt.« Er nahm meine Hand weg und sagte leise: »Ist aber nicht so schlimm. Stell dir vor, Mama und ich haben eine Reise gewonnen. Nach Hamburg. Musical und Hotel. Ich habe gar keine Lust. Da kommt mir diese Allergie gerade recht. Mama kann doch mit Tante Inge fahren. Und du? Wolltest du uns überraschen? Gut, dass du gestern nicht schon gekommen bist, wir hatten so einen Sturm.«

»Ich weiß.«

Später würde ich ihm alles erzählen. Aber jetzt lassen wir erst mal abklären, ob eine Reiseallergie erblich bedingt ist.

Alles muss raus!

Dieses Jahr ist noch neu genug, um mich weiterhin an meine guten Vorsätze zu erinnern. Nicht mehr an alle, einige haben sich schon in den ersten Tagen als nicht durchsetzbar erwiesen, die habe ich schon mal auf den nächsten Jahreswechsel geschoben. Aber es gibt noch ein paar, die ich abarbeiten will.

Ein Vorsatz ist das Sortieren meiner Schrankschublade. Sie ist ziemlich tief und breit und der Ort in meiner Wohnung, an den alle Papiere, Briefe und Karten wandern, die zwar wichtig sind, aber im Moment nicht sofort erledigt werden müssen. Sie werden meistens vergessen. Und deshalb habe ich mir vorgenommen, diese Schublade zu sortieren. Wie gesagt, sie ist sehr breit und sehr tief und sie war sehr voll. Ich habe zwei Stunden in einem Papierberg auf dem Fußboden gehockt und Zettel für Zettel, Karte für Karte und Umschlag für Umschlag in die Hand genommen. Und dabei sehr viel gelernt.

Erstens: Ich muss dringend an meiner Handschrift arbeiten. Es waren zwölf Zettel in diesem Stapel, auf denen Telefonnummern und Namen notiert waren. Ich kenne niemanden, der »Smrovolf« heißt, brauche demzufolge auch seine Handynummer nicht mehr. Auch »Jrplulö« oder »Mnlopf« gehören nicht zu meinem Bekanntenkreis, was anderes konnte ich aber nicht entziffern.

Zweitens: Ich brauche in den nächsten Jahren weder Weihnachts- noch Geburtstagskarten zu kaufen. Zum einen, weil ich nie welche schreibe, und falls ich das doch noch mache, habe ich in dieser Schublade noch 28 sehr schöne Karten liegen.

Drittens: Ich tausche nichts um. Deshalb muss ich keine Kassenbons mehr aufheben. Ein Großteil der gefundenen Bons dokumentiert Dinge, von denen ich gar nicht mehr wusste, dass ich sie überhaupt besitze.

Viertens: Ich werde nie wieder Gutscheine verschenken. Nie wieder! Weil ich dann hoffentlich auch keine mehr bekomme. Die brauche ich nämlich nicht. Ich habe noch so viele, dass ich dieses ganze Jahr damit zubringen muss, sie einzulösen. Das Problem ist nur, dass vier von den Lokalen, in denen ich essen könnte, bereits geschlossen sind. Ich muss ans andere Ende der Stadt fahren, um eine Maniküre zu bekommen. Ich habe noch einen Gutschein für ein Adventsgesteck, kann einen thailändischen Kochkurs machen, mir ein Tattoo aussuchen, dreimal in die Oper gehen und mich von einem Chinesen massieren lassen, von dem ich aber weiß, dass er mittlerweile wieder in China wohnt. Das wird ein ziemlicher Zeitaufwand.

Und fünftens: Ich werde mein Besteck in diese Schublade legen. Und alle Zettel, die ich bekomme, sofort wegwerfen. Damit ich nie wieder solche blöden Vorsätze fasse.

Biikebrennen
und Grünkohl

Es war kalt. Richtig kalt. Hermia zog ihre Wollmütze noch tiefer ins Gesicht und schob die Hände in die Manteltaschen. Sie kniff die Augen zusammen und versuchte, das Licht von Dietlindes Haus zu erkennen. Ernst hatte wohl wieder die schwächste aller Energiesparlampen eingeschraubt, das Licht drang kaum durch den Nebel. Typisch Ernst, dieser alte Geizhals würde irgendwann mal dran schuld sein, dass seine Frau sich im Dunkeln die Beine auf der Treppe brach. Hauptsache, die Stromrechnung war niedrig.

Hermia seufzte und ging vorsichtig weiter, denn die Straße war stellenweise sehr glatt, und sie hatte große Angst, auszurutschen. Der Februar auf Sylt ist nicht die beste Zeit für alte Leute, dachte sie. Es wurde wirklich Zeit, dass der Frühling kam. Sie liebte die Insel zu jeder Jahreszeit, aber inzwischen mochten ihre alten Knochen die Kälte nicht mehr. Aber morgen war Biikebrennen, da wurde der Winter vertrieben. Hermia liebte diesen Brauch. In jedem Dorf wurde ein Feuer entzündet, alle kamen zusammen, es wurden friesische Lieder gesungen, Glühwein getrunken und der neueste Dorfklatsch verbreitet. Man traf Gott und die Welt, und anschließend gab es überall Grünkohl mit Schweinebacke, Kassler, Wurst und süßen Kartoffeln. Es war immer zu schön, auch wenn mittlerweile Hermias Cholesterinspiegel und ihre Galle die Schweinebacke übel nahmen. Aber das war ihr egal, anschließend gab es einen Korn und am nächsten Tag nur Zwieback.

Ihr lief schon das Wasser im Mund zusammen. In diesem Jahr würden sie auswärts Grünkohl essen. In Hermias Lieblingslokal, dem »Alten Gasthof«, dazu hatte sie ihre beiden besten Freundinnen überredet. Dietlinde und Agathe nahmen ihre Ehemänner mit, deshalb waren sie zu fünft. Hermias Ehemann Wilhelm hatte sie vor drei Jahren verlassen, Gott habe ihn selig, auf den Tag genau vor drei Jahren. Damals hatte sie nicht am Grünkohlessen teilgenommen, das wäre ihr pietätlos erschienen. Aber sie war vorher zum Biikefeuer gegangen, schließlich musste sie sich vom Winter verabschieden. Ihre Freundinnen hatten sie damals begleitet.

Manchmal träumte sie noch von Wilhelm. Vierzig

Jahre Ehe waren ja eine lange Zeit gewesen. Natürlich nichts gegen die siebzig Jahre, in denen sie nun schon mit Dietlinde und Agathe befreundet war. Seit der Einschulung kannten die drei sich, und immer hatten sie im selben Dorf auf Sylt gewohnt. Sie waren von klein auf unzertrennlich gewesen. Bis heute.

Die Sommer fanden am Strand statt, im Winter liefen sie Schlittschuh auf den kleinen Seen in den Dünentälern. Sie hatten alles gemeinsam gemacht, bis sie erwachsen wurden und ihre Männer kennenlernten.

Wenn man ganz ehrlich war, hatte eigentlich keine von ihnen das große Glück in ihrer Ehe gefunden. Deshalb war es umso besser, dass sie immer füreinander da waren. Und welch Glück, dass keiner der zugereisten Ehemänner eine von ihnen aufs Festland verschleppt hatte. Hermia hätte sich nie vorstellen können, woanders und ohne ihre beiden Freundinnen zu leben. Aber diese Angst musste sie ja jetzt nicht mehr haben. Jetzt nicht mehr. Jetzt waren sie alle mehr oder weniger zufrieden alt geworden auf Sylt.

Leise ächzend zog sie sich am Handlauf zu Dietlindes Hintertür hoch. Auch die Treppenstufen waren unbeleuchtet und obendrein spiegelglatt. Vermutlich hatte Ernst nicht eingesehen, für teures Geld Streusalz zu kaufen.

Kopfschüttelnd drückte Hermia die unverschlossene Tür auf und rief: »Ich bin es« in Richtung Küche, bevor sie ihren Mantel auszog und ordentlich an die Garderobe hängte.

»Ich bin in der Küche«, hörte sie Dietlindes Stimme. Natürlich, Dietlinde war um diese Zeit immer in der Küche. Sie saß am Küchentisch vor einem Kreuzworträtsel und blickte nur kurz zu Hermia auf, bevor sie die Augen wieder auf das Blatt richtete. »Moin, Hermia«, murmelte sie. »M-e-t-r-o-p-o-l-e, das passt. Und? Was gibt's Neues?«

»Metropole?« Hermia ließ sich tief ausatmend auf die Eckbank sinken. »Paris?«

»Nein. Hauptstadt mit neun Buchstaben.« Dietlinde sah sie an. »Metropole ist die Lösung. Du immer mit deinem Paris.«

»Irgendwann, meine Liebe«, antwortete Hermia sofort und fuchtelte mit dem Zeigefinger in ihre Richtung, »irgendwann fahren wir drei Hübschen nach Paris. Du wirst sehen. Vorher kriegt mich niemand unter die Erde.«

Dietlinde lächelte sie ein bisschen traurig an. »Ach, Hermia, wir werden alt. Du hast es mit der

Hüfte, Agathe hat es mit den Augen, und mir tun auch alle Knochen weh. In diesem Leben kommen wir wohl nicht mehr nach Paris. Vielleicht im nächsten.«

Hermia wollte etwas darauf erwidern, aber sie hielt sich dann doch zurück. Dietlinde sah schon traurig genug aus. Die Wahrheit lag doch ganz woanders. Ernst, der alte Geizhals, würde lieber sein Geld im Deich vergraben, als seiner Frau etwas so Überflüssiges wie eine Parisreise zu bezahlen. Aber da war selbst Hermia machtlos, Dietlinde wehrte sich halt nicht.

»Hallo? Jemand zu Hause? Kaffee fertig?« Agathe konnte zwar nicht mehr gut sehen, dafür aber noch sehr laut und energisch reden. Da stand sie schon in der Küche und begrüßte ihre Freundinnen. »Moin ihr Lieben.«

Dietlinde stand auf und machte sich ans Kaffeekochen. Weder Hermia noch Agathe hatten ihre Mützen abgenommen. Noch nicht einmal unter Freundinnen zeigte man sich mit aufgeladenen Haaren. Und Wollmützen waren Gift für die Frisur.

Agathe rutschte neben Hermia auf die Eckbank und sah zu, wie Dietlinde die Kaffeetassen verteilte. Dabei presste sie die Lippen zusammen und legte die Stirn in bedenklich viele Falten. Dietlinde sah sie kurz an und fragte: »Was ist? Hast du dich geärgert?«

»Ja«, meinte Agathe kurz angebunden, zog ihre Tasse zu sich und rührte drei Löffel Zucker hinein. »Setz dich hin, Dietlinde. Ihr werdet euch auch gleich ärgern.«

»Worüber denn?« Hermia fischte aus ihrer Handtasche eine Tupperdose mit Butterkuchen und stellte sie auf den Tisch. »Hier, gestern gebacken. Ist aber ein bisschen flach geworden.«

»Über deinen Göttergatten«, antwortete Agathe, blickte Dietlinde bedeutungsvoll an und bediente sich aus der Kuchenbox. »Du darfst keine Trockenhefe nehmen, Hermia. Habe ich dir schon mal gesagt.«

»Wieso hast du dich über Ernst geärgert?«, fragte Dietlinde etwas erstaunt und betrachtete dabei prüfend das Kuchenstück vor sich auf dem Teller. »So flach ist der doch gar nicht.«

Agathe blickte triumphierend in die Runde. »Jetzt haltet euch fest: Ernst hat im ›Alten Gasthof‹ angerufen und hat uns beim Grünkohlessen abgemeldet.«

»Wie bitte?« Hermia fiel fast ein Stück Kuchen aus dem Mund. »Wer sagt das?«

»Die nette Kellnerin, Lola«, antwortete Agathe.

»Ich habe sie vorhin an der Post getroffen. Er hat gefragt, was das Essen kostet, und als er den Preis hörte, hat er es abgesagt.«

Dietlinde schob ihre Tasse so heftig zur Seite, dass der Kaffee überschwappte. »Es ist doch immer dasselbe mit ihm«, sagte sie wütend. »Da will ich einmal schön ausgehen, und Ernst guckt nur aufs Geld. Es ist so peinlich, was denkt Lola jetzt bloß?«

»Das, was alle wissen.« Hermia sah ihre Freundinnen vielsagend an. »Dass dein Ernst der größte Geizkragen unter der Sylter Sonne ist. Ich würde mir das an deiner Stelle nicht länger gefallen lassen.«

»Du kannst das leicht sagen«, Dietlinde knüllte ihr Taschentuch in der Hand, »du bist Witwe und kannst machen, was du willst. Als Wilhelm noch lebte, hast du auch oft etwas absagen müssen, weil du stattdessen deinen betrunkenen Mann irgendwo abholen musstest. Hast du das vergessen?«

»Nein, habe ich nicht.« Hermias Gesichtsausdruck hatte etwas Selbstzufriedenes. »Aber irgendwann ist es genug. Und statt zu lamentieren, muss man eben mal etwas ändern.«

Agathe schnaubte abfällig durch die Nase. »Ändern? Hermia, du machst es dir leicht. Was soll Dietlinde tun? Wir kennen Ernst doch. Was er nicht will, das will er eben nicht. Ich habe nur Glück, dass Hans-Peter den ganzen Tag in seinem Modelleisenbahnkeller sitzt und mich in Ruhe lässt. Ab und zu betrinkt er sich mit dem Whiskey, den er im Keller bunkert, nur mit gutem natürlich, und denkt, ich merke das nicht. Aber ich darf dann die leeren Flaschen wegräumen. Aber meistens ist es so, als wäre er gar nicht da. Ich habe es besser als Dietlinde, wenn auch nicht so gut wie du, Hermia ...«

Dietlinde hustete etwas, und die beiden anderen erschraken, als sie sahen, wie ihr plötzlich die Tränen über die Wangen liefen.

»Ich halte es nicht mehr aus«, flüsterte sie tränenerstickt. »Ernst wird immer schlimmer. Ich darf überhaupt nichts mehr machen, was Geld kostet. Über jede Ausgabe muss ich Rechenschaft ablegen. Und dann geht das Gezetere los. Ich kann nicht mehr, und ich will auch nicht mehr. Am liebsten wäre ich tot.«

»Dietlinde, bitte.« Agathe setzte sich aufrecht und tätschelte ihrer Freundin mitfühlend die Hand. »Alles zu seiner Zeit. Zum Sterben sind wir doch noch viel zu jung. Außerdem wollen wir zusammen nach Paris. Das haben wir schon vor fünfzig Jahren beschlossen, und das wird noch gemacht. Jetzt hör bitte auf zu weinen, ich kann das nicht sehen, sonst heule ich gleich mit. Hermia, sag doch auch mal was.«

»Paris?« Dietlinde weinte noch mehr. »Wie soll ich denn nach Paris kommen, wenn schon ein Grünkohlessen zu teuer ist?«

»Wir fahren nach Paris.« Hermia unterbrach energisch Dietlindes Schluchzen. »Jetzt ist Schluss mit den Tränen. Wir gucken uns das Elend von Dietlinde nicht mehr länger an. Wir kennen uns lange genug und haben uns immer geholfen. Und deshalb werde ich euch heute etwas erzählen. Ich mache das nur dieses eine Mal, und dann werden wir nie mehr darüber reden.

Am nächsten Abend stand Dietlinde vor dem knisternden Biikefeuer. Sie war aufgewühlt und versuchte, das Gedankenwirrwarr in ihrem Kopf zu sortieren. Sie zwang sich, tief durchzuatmen und ihre Augen ruhig über den Deich wandern zu lassen. Die Dünen sahen aus, als wären sie überzuckert, es hatte seit Tagen gefroren, obwohl der Himmel tagsüber blitzblau gewesen war. Winterwetter, wie man es sich nicht schöner vorstellen konnte. Trotzdem war Dietlinde durcheinander und beunruhigt. Es war so unglaublich, was Hermia ihnen gestern Abend in der Küche erzählt hatte. Geradezu unvorstellbar, aber es könnte tatsächlich die Lösung all ihrer Probleme sein. Auch wenn sie keine Ahnung hatte, wie das alles funktionieren sollte. Sie brauche sich gar keine Gedanken zu machen, hatten Hermia und Agathe immer wieder betont. Sie müsse gar nichts machen, einfach nur zusehen und den Mund halten. Dann würde alles gut werden. Dietlinde seufzte. Da hakte sich plötzlich jemand bei ihr ein.

»Alles wird gut«, flüsterte Hermia ihr ins Ohr. »Bleib ganz ruhig.«

Dann bemerkte sie Agathe, die links von ihr stand. Agathe sah auf die Uhr und nickte ihr aufmunternd zu. »Gleich ist es vorbei«, murmelte sie. »Denk an Paris.«

Dietlinde wurde ein bisschen übel.

Eine Woche später schloss Hermia Dietlindes Haustür hinter dem letzten Besucher und kehrte zurück in die Küche, wo Dietlinde und Agathe auf der Eckbank saßen.

»Geschafft«, stieß sie erleichtert aus und hängte ihre schwarze Kostümjacke über die Stuhllehne, bevor sie sich setzte. »Der gute Ernst ist unter der Erde, und der Butterkuchen ist auch aufgegessen. Dieses Mal habe ich übrigens frische Hefe genommen, hat man gemerkt, oder?«

Agathe sah sie strafend an. »Hermia! Ein bisschen mehr Feingefühl, bitte. Dietlinde hat gerade ihren Mann beerdigt und du sprichst von Hefe.«

Hermia zuckte die Achseln und schenkte noch mal Cognac in ihre Gläser. »Das war doch der Sinn der Aktion. Jetzt tu nicht so. Ich habe übrigens noch Grünkohl in der Truhe, den können wir heute Abend bei mir essen. Nach dem Biikebrennen haben wir ja keinen mehr bekommen.«

Dietlinde schloss einen Moment die Augen. Sie konnte es selbst kaum glauben. Mein Gott, was war nur geschehen?

Am Abend nach dem Biikefeuer waren Agathe, Hermia und sie zurück zu Dietlindes Haus gegangen. Ernst hatte mit geschlossenen Augen auf dem Sofa gelegen, eine Fernsehzeitschrift auf der Brust, in der Hand hielt er noch den Löffel mit einem Rest Schokoladenmousse, die Hermia mitgebracht hatte. Ganz friedlich hatte er ausgesehen, aber leider auch sehr tot. Der herbeigerufene Hausarzt Dr. Weber stellte dann fest, dass Ernsts Herz einfach aufgehört hatte zu schlagen. Schicksal. Er kondolierte Dietlinde und fragte Hermia und Agathe, ob sie ihrer

Freundin in diesen schweren Stunden beistehen könnten. Das wurde selbstverständlich bejaht. Dr. Weber hatte noch darauf hingewiesen, dass Hermia sicherlich besonderes Mitgefühl für ihre Freundin zeigen könne, da ja auch sie ihren Mann damals während des Biikefeuers verloren habe. Ein gemeinsames Los, das die ohnehin engen Freundinnen noch enger aneinander binden würde. Hermia hatte sehr ernst genickt, und Dr. Weber hatte den Bestatter angerufen.

Jetzt griff Dietlinde zum Cognacschwenker und trank die goldgelbe Flüssigkeit in einem Zug aus. Sie schüttelte sich, stellte das Glas wieder ab und blickte Hermia an.

»War es wirklich genauso wie bei Wilhelm?«

Hermia nickte. »Ganz genauso. Das Schlafmittel hatte ich Wilhelm damals in eine heiße Schokolade mit Rum gerührt. Bei Ernst war es in der Schokoladenmousse. Eine halbe Stunde später war er eingeschlafen. Der Tod tritt ein, eine halbe Stunde nachdem man das Insulin gespritzt hat. Du kannst mir glauben: Sie haben beide nichts gemerkt. Ein schöner Tod. Und es sieht aus wie ein Herzinfarkt. Kein Mensch kommt darauf, dass hier nachgeholfen wurde.«

Dietlinde presste ihre Lippen zusammen. »Woher hattest du denn überhaupt das Insulin?«

»Von meiner Cousine Thea. Die ist doch Diabetikerin. Und sie ist so schusselig. Zerbricht dauernd die Ampullen. Ihr Arzt hat gar nicht gemerkt, dass ich mir beim letzten Besuch wieder eine mitgenommen habe. Tja, es zahlt sich aus, dass ich früher Krankenschwester war.«

Zufrieden sah sie in die Runde, dann wurde sie plötzlich ernst. »Es tut dir hoffentlich nicht leid?«

Dietlinde überlegte einen Moment, dann sagte sie mit fester Stimme: »Er war ein schlechter Mensch, der Ernst. Er hat mich mein Leben lang drangsaliert. Ich habe so oft überlegt, ihn zu verlassen, aber ich habe es nie geschafft. Wo hätte ich denn auch hin sollen? Ich liebe dieses Haus, obwohl es sein Elternhaus ist. Ich hatte nie eigenes Geld, und ich hatte auch nie Mut. Deshalb bin ich geblieben. Und das hat er jetzt davon.«

»Jetzt gehört dir hier alles«, ergänzte Agathe mit triumphierender Stimme. »Du bist jetzt eine wohlhabende Witwe, meine Liebe.«

»Ja«, antwortete Dietlinde und lächelte. »Nächstes Jahr werde ich fünfundsiebzig. Da fahren wir drei nach Paris. Versprochen! Und beim Biikebrennen im nächsten Jahr gehen wir im teuersten Lokal auf der Insel Grünkohl essen. Den kochen wir nie wieder selbst.«

Ein Jahr später

Dietlinde strich ein letztes Mal über den bunten Hotelprospekt »Maison Montmartre« und legte ihn lächelnd auf die Arbeitsplatte ihrer neuen Küche. Sie hatte sich im letzten Jahr neu eingerichtet, schlief jetzt in einem weißen eleganten Schlafzimmer, kochte in einer modernen Küche und sah von einem wunderschönen Ohrensessel auf einen nagelneuen Flachbildfernseher. Nur die Eckbank war geblieben. An ihr hingen so viele Erinnerungen an die gemeinsamen Jahre mit Agathe und Hermia, die musste bleiben.

Übermorgen war Ernsts erster Todestag. Ein Jahr war schon wieder ins Land gegangen; im Alter flog die Zeit sowieso viel schneller vorbei. Es war ein gutes Jahr gewesen, nicht nur für Dietlinde, auch für Hermia, die eine neue Hüfte bekommen und die ganze Prozedur wunderbar überstanden hatte. Sie war fast wieder so gut zu Fuß wie früher und machte jetzt jeden Tag und egal, bei welchem Wetter, mit Dietlinde einen ausgedehnten Strandspaziergang. Eine wunderbare neue Angewohnheit.

Ab und zu kam auch Agathe mit, obwohl sie nicht gern lange Strecken lief. Überhaupt war Agathe im Moment ihr Sorgenkind. Sie sprach nicht offen darüber, aber Dietlinde vermutete, dass es etwas mit Hans-Peter zu tun hatte. Ganz seltsam war er in den letzten Monaten geworden. Er war immer schon ein schweigsamer Eigenbrötler gewesen, aber jetzt wurde es noch schlimmer. Er kümmerte sich weder um seine Modelleisenbahn noch um seine Frau oder das Haus. Er fuhr alle paar Tage mit dem Auto weg, sagte nicht, wohin und warum, grummelte vor sich hin und wich allen Fragen aus. Hermia hatte schon gemutmaßt, dass er eine Freundin hatte. Das hielt Dietlinde für absoluten Blödsinn, nicht nur, weil Hans-Peter achtundsiebzig Jahre alt war, sondern weil er viel zu verstockt war, um eine Dame anzusprechen. Mittlerweile war Agathe ja sogar schon so weit, dass sie sich wünschte, er hätte eine Freundin. Da könnte er dann gleich hinziehen, und sie hätte endlich ihre Ruhe. Dietlinde und Hermia wunderten sich über ihre Freundin.

Dietlinde ging zum Esszimmerfenster und blickte hinaus. Auch in diesem Februar lag eine Raureifschicht über der Dünenlandschaft, die sich hinter ihrem Haus erstreckte. Zwischen zwei Dünen konnte sie einen Streifen vom Meer sehen. Ernst hatte immer darauf bestanden, die Jalousien herunterzulassen, weil ihn die Sonne störte. Jetzt hatte Dietlinde noch nicht mal mehr Gardinen. Deshalb sah sie auch gleich Hermia, die sie offensichtlich besuchen kommen wollte. Dietlinde lächelte und ging in die Küche, um die Kaffeemaschine anzustellen.

»Meine Güte, ist das kalt.« Hermia kam in die Küche gestapft und rieb sich die kalten Hände. »Was bin ich froh, dass übermorgen Biike ist. Ich habe ja immer das Gefühl, dass danach der Winter vorbei ist. Und dann kommt April und Pariiiis.« Das letzte Wort sang sie fast.

»Ist Agathe noch nicht da?« Hermia ließ ihren Blick durch die Küche wandern. »Ans Telefon ging sie nicht mehr, ich dachte, sie wäre schon hier.«

Sie trat ans Fenster und sah auf die Straße. Was sie dort sah, konnte sie kaum glauben: Eine völlig aufgelöste Agathe, ohne Mantel und nur mit Hausschuhen an den Füßen, stürmte auf Dietlindes Haus zu.

»Sie holt sich ja den Tod«, rief Dietlinde entsetzt, die jetzt neben Hermia am Fenster stand. Da hatte Agathe schon das Haus erreicht und polterte in die Küche, ohne sich die schneebedeckten Hausschuhe am Eingang abzustreifen.

»Er will das Haus verkaufen!« Agathes Stimme klang schrill, geradezu panisch. Hermia und Dietlinde fuhren erschrocken herum.

»Hans-Peter will verkaufen und von der Insel wegziehen. Und ich wusste nichts davon! Heute Morgen war schon dieser Makler da, Jörn Behrens. Sogar mit Interessenten. Sie sind im ganzen Haus rumgelaufen, mit dreckigen Schuhen und schlechten Manieren ...«

Sie ließ sich auf die Eckbank fallen und brach in Tränen aus.

Nach einer betretenen Pause fing Hermia sich als Erste. »Er kann doch nicht einfach das Haus verkaufen. Da musst du doch zustimmen.«

»Muss ich nicht!« Agathe schrie aus lauter Wut. »Es gehört ihm. Ihm allein. Hans-Peter hat mir heute Morgen zwischen Tür und Angel mitgeteilt, dass er im Alter nicht auf einer Insel leben will. Keine Ahnung, was er sich dabei denkt, und eigentlich will ich es auch nicht wissen. Und dieser schmierige Makler hat ihm so viel Geld geboten, dass er dumm wäre, das Haus nicht zu verkaufen, sagt er. Außerdem will er nach Bayern. Hört ihr? Nach Bayern! Weil da kein Wind ist.«

Dietlinde öffnete den Mund und klappte ihn wieder zu. Was sollte sie dazu sagen?

Hermia überlegte erst und sagte dann zögernd: »Sollen wir noch mal mit ihm reden?«

»Es wird nichts nützen.« Erschöpft ließ Agathe den Kopf sinken. »Er ist fest entschlossen. Und ihr kennt ihn doch. Wenn er einen Entschluss gefasst hat, dann kann niemand ihn umstimmen. Sagt mir, was ich tun soll.«

Hermia stand auf und ging in den Flur, wo sie sich ihren Mantel anzog und ihre Mütze aufsetzte. »Ich gehe mal zu Behrens und frage, was los ist. Ich habe früher auf den kleinen Jörn Behrens aufgepasst, der traut sich nicht, mich anzulügen.«

Später saßen die drei mit gesenkten Köpfen wieder in Dietlindes Küche. Nach einer ewig langen Pause räusperte sich Hermia. »Also gut«, sagte sie. »Fassen wir noch einmal zusammen. Hans-Peter hat diesem

Zahnarztehepaar aus Hamburg mündlich den Verkauf zugesagt. Und er will so schnell wie möglich einen Notartermin machen, damit der Vertrag unterschrieben wird. Behrens wird einen Teufel tun, sich dieses Geschäft entgehen zu lassen. Das klingt alles so, als wäre da nichts mehr zu machen. Meine Damen, es gibt also zwei Möglichkeiten: Entweder zieht Agathe nach Bayern ...«

»Ich will nicht nach Bayern. Alte Bäume kann man nicht verpflanzen«, warf Agathe mit dünner Stimme ein.

»... oder ...«, fuhr Hermia mit entschlossener Stimme fort und ignorierte den Einwand ihrer Freundin, »oder wir müssen es anders lösen. Was meint ihr?«

Dietlinde und Agathe sahen sich an und nickten.

Die Kinder trugen voller Stolz die Fackeln zum Feuer, gerührt sah Dietlinde in ihre Richtung und stieß Agathe an. »Guck mal, da vorn die beiden blonden Mädchen, das sind die Enkelinnen von Gesa Hanken. Wie groß die schon sind.«

Agathe schob ihre Hand weg. »Dietlinde, das interessiert mich im Moment nicht die Bohne. Wo bleibt Hermia denn?«

Langsam folgten sie dem Fackelzug, die ersten friesischen Lieder wurden angestimmt. Es war frostig, und die Fackeln hatten Mühe, die stockfinstere Nacht mit ihrem Licht zu erhellen. Trotzdem strömten immer mehr Menschen zur Biike, die gleich entzündet werden sollte.

»Sie kommt bestimmt gleich.« Beruhigend strich Dietlinde der Freundin über den Arm.

»Hast du Hans-Peter den Whiskey hingestellt?«, fragte Agathe zum wiederholten Mal.

Dietlinde hatte Hans-Peter eine Flasche seines Lieblingswhiskeys vorbeigebracht. Sie hatte vorgegeben, den teuren Tropfen bei Ernsts Sachen gefunden zu haben. Hans-Peters Augen hatten geleuchtet, bedankt hatte er sich nicht. »Er hat sich gleich wieder in seinen Keller verzogen. Die Flasche hat er mitgenommen. Das klappt!« Dietlinde senkte ihre Stimme zu einem verschwörerischen Flüstern.

»Dietlinde, ich habe Angst, dass etwas schiefgeht.« Nervös knetete Agathe an ihrem Arm herum.

»Geht es nicht.« Dietlinde klang ruhig, aber sie musste ein nervöses Kichern unterdrücken. »Langsam hat Hermia doch Übung. Sie wartet, bis er betrunken und müde ist, dann holt sie Theas Insulin aus der Tasche und …«

»Pssst!« Hektisch sah Agathe sich um. »Bist du verrückt? Wir reden doch nicht darüber.« Sie zog Dietlinde langsam weiter, auf dem Weg grüßten sie nach rechts und links. Trotz der vielen Touristen kannten sie doch noch viele Leute.

»Es sind eine Menge Fremde hier«, meinte Dietlinde. »Früher war es schöner, als wir noch unter uns waren. Die ganzen Reichen, die hier Häuser kaufen. Das ist nicht gut, dagegen muss man was unternehmen.«

»Dietlinde, bitte«, zischte Agathe. »Herrgott, wo bleibt denn Hermia? Das kann doch nicht so lange dauern!« Ihre Beine zitterten, nicht nur wegen der Kälte.

»Sie kommt sicher gleich.« Dietlinde blieb ganz ruhig. Als sie sich umdrehte, entdeckte sie plötzlich Hermias hellen Daunenmantel. »Na, siehst du, da ist sie ja.« Aber als sie die Freundin auf sich zueilen sah, bemerkte sie sofort deren Gesichtsausdruck, und der verhieß nichts Gutes.

Agathe hatte offensichtlich den gleichen Gedanken. »Oh«, sagte sie leise. »Hermia guckt so komisch. Hoffentlich ist nichts schiefgegangen.«

Hermia winkte noch dem einen oder anderen Bekannten zu, bevor sie Dietlinde und Agathe erreichte. »Da seid ihr ja«, sagte sie und hakte sich bei beiden unter. »Lasst uns näher ans Feuer gehen, es ist grausam kalt.«

Das Biikefeuer war inzwischen entzündet. Es roch nach brennendem Holz, und der Lichtschein der Flammen tanzte auf den Gesichtern der Umstehenden.

»Und?« Agathe beugte sich dicht zu Hermia, sie traute sich kaum zu fragen.

Hermia starrte unbewegt ins Feuer. »Er lag im Flur«, flüsterte sie. »Hans-Peter war schon tot, als ich ankam. Er muss die Treppe runtergestürzt sein.«

»Was?« Agathe sah sie mit aufgerissenen Augen an. »Bist du sicher?«

Hermia nickte und legte den Zeigefinger auf den Mund. »Kommt, wir gehen. Aber möglichst unauffällig.«

Hans-Peters Kopf war seltsam verrenkt zur Seite gedreht, seine Augen waren geschlossen. Neben ihm lagen drei leere Umzugskartons. Hermia richtete sich stöhnend aus der Hocke wieder auf und schaute ihre Freundinnen an. »Er hat wohl Kartons von oben geholt«, vermutete sie, »und mit der ganzen Pappe auf dem Arm hat er nicht gesehen, wo er hintritt.«

Dietlinde beugte sich mit zusammengekniffenen Augen über die Leiche und musterte sie. »Und außerdem muss er ziemlich betrunken gewesen sein. Die Whiskeyflasche steht im Wohnzimmer, halb leer.«

Agathe stand einen Schritt hinter den anderen. »Ach.« Sie räusperte sich schnell. »Ich kann das gar nicht sehen. Ob er gelitten hat?«

»Nein, das glaube ich nicht.« Hermia schüttelte den Kopf. »Wie der die Treppe hinuntergeschossen ist, das ist bestimmt ein glatter Genickbruch. Er hat sicherlich kaum was gemerkt.«

Für einen Moment standen alle drei mit gefalteten Händen still da und betrachteten andächtig den Verstorbenen.

Dietlinde hob das Schweigen auf. »So«, sagte sie forsch. »Agathe, du musst Dr. Weber anrufen. Und tu ein bisschen hysterisch, du hast gerade deinen verunglückten Gatten gefunden, den du zum Grünkohlessen abholen wolltest. Also, bringen wir es hinter uns.«

Während Dr. Weber den Toten untersuchte, saßen Dietlinde und Hermia neben der untröstlichen Agathe in der Küche und hielten ihre Hand. Nach einiger Zeit kam der Hausarzt und blickte das Damentrio fragend an. »Ihr Mann ist offensichtlich auf der Treppe aus dem Gleichgewicht gekommen. Was wollte er denn mit den Umzugskartons?«, wandte er sich schließlich an Agathe.

Agathe blickte mit tränenfeuchten Augen hoch. »Seine Modelleisenbahn einpacken«, antwortete sie mit erstickter Stimme. »Er wollte sie weggeben.« Sie schnäuzte sich laut, und Dietlinde erinnerte sich, dass Agathe schon als Kind auf Kommando heulen konnte. Das war eine Gabe.

Dr. Weber schien davon jedoch nicht sehr beeindruckt zu sein. In strengem Ton fragte er: »Wo ist denn Ihr Telefon? Ich muss leider die Polizei verständigen. Bei dieser Art der häuslichen Unfälle ist es meine Pflicht.«

Hermia sprang sofort auf. »Kommen Sie, Doktor, ich zeige es Ihnen. Sie können im Wohnzimmer telefonieren.« Sie tätschelte Agathe den Arm und sagte laut: »Ja, Liebes, weine nur. Was für ein Schock.«

Während Dr. Weber telefonierte, ließ sich Hermia viel Zeit im Flur. Sie presste sich an den Türrahmen zum Wohnzimmer und hörte, wie der Arzt etwas von einem seltsamen Sturz berichtete. »Es ist nur so merkwürdig, dass die Ehemänner der drei alle während des Biikebrennens gestorben sind. Jedes Jahr einer. Der erste vor fünf Jahren, letztes Jahr der zweite und nun der dritte. Das ist doch kein Zufall.«

Hermia hielt den Atem an. Als der Arzt laut und deutlich sagte: »Nein, natürlich nicht. Die alten Damen wirken nicht gerade wie Serienmörderinnen, aber ich halte es trotzdem für besser, wenn die Polizei sich das ansieht«, beeilte sich Hermia, zurück in die Küche zu kommen.

»Das kann noch dauern«, flüsterte sie ihren ängstlich dreinblickenden Freundinnen zu. »Grünkohl kriegen wir heute nicht mehr. Die Polizei kommt gleich.«

Plötzlich fiel Dietlinde etwas ein. Mit aufgerissenen Augen formten ihre Lippen das Wort »Insulin?«.

Hermia lächelte. »Ich bin gespannt, wie lange das Biikefeuer heute brennt. Was da immer alles verbrannt wird.«

Agathe saß zwischen ihren besten Freundinnen in der ersten Bank der kleinen Friesenkirche und hörte nur mit einem Ohr der Trauerrede der netten Pastorin zu. Ab und zu drückte Hermia ihren Arm, dann tupfte sie sich pflichtbewusst und wie auf Kommando mit ihrem Taschentuch über die Augen. Ein netter Kriminalkommissar war bei ihr gewesen. Er hatte sein Beileid ausgesprochen und ihr gesagt, dass Hans-Peter tatsächlich an einem Genickbruch gestorben sei. Ein Fremdverschulden hatte ausgeschlossen werden können. Deshalb war auch auf eine Obduktion verzichtet worden. Schuld an dem unglücklichen Sturz waren einzig und allein die drei sperrigen Kartons gewesen, die dem Armen die Sicht auf die Treppenstufen verwehrt hatten. Und natürlich auch die Promille, die man in seinem Blut gemessen hatte.

So konnte Agathe mit Anstand und Würde ihren Hans-Peter zehn Tage später beerdigen.

In der Kirche saß Dr. Weber jetzt drei Reihen hinter ihr. Sie hatte das Gefühl, dass er sie und ihre Freundinnen mit einem seltsamen Blick musterte, aber das konnte ihr ja jetzt egal sein. Für die Polizei war es ein tragischer Unfall gewesen. Daran gab es nichts zu rütteln.

Sie drückte ihren Freundinnen rechts und links verstohlen die Hand. Das verpasste Grünkohlessen würden sie noch nachholen. Denn so ganz ohne Grünkohl konnten sie sich dann doch nicht vom Winter verabschieden. Und der war definitiv zu

Ende. Der Frühling nahte. Und Paris.

Agathe presste die Lippen zusammen, um nicht zu lächeln. Eine herrliche Zeit lag vor ihnen.

>Grünkohl auf Holsteiner Art
>(6 Personen)
>3 kg Grünkohl
>Salz
>250 g Zwiebeln
>300 g Schweineschmalz
>600 g Schweinebacke
>600 g Kassler mit Knochen
>6 Kochwürste
>1 kg kleine Kartoffeln
>Butterschmalz zum Braten
>2 El Zucker

Grünkohl waschen, abtropfen lassen, von den Stielen streifen und in Salzwasser blanchieren. Abtropfen lassen und klein hacken. Zwiebeln schälen und würfeln.

Zwiebeln in Schweineschmalz glasig dünsten, Grünkohl darin wenden, salzen, mit 1 Liter Wasser begießen und

1 bis 2 Stunden bei mittlerer Hitze zugedeckt schmoren lassen. Schweinebacke und Kassler 1 Stunde, Kochwürste etwa eine halbe Stunde mitschmoren lassen.

Kartoffeln kochen, pellen und kalt werden lassen.

Butterschmalz in der Pfanne erhitzen, Kartoffeln unter häufigem Rütteln rundum goldbraun braten, danach salzen, danach mit dem Zucker bestreuen und karamellisieren lassen.

Fleisch in Scheiben schneiden und mit den Würsten auf dem Kohl anrichten. Röstkartoffeln dazu servieren.

Schlank im Schlaf

Das Schlimmste am Winter ist für mich das fehlende Licht. Sobald es dunkel wird, werde ich müde. Das geht mir übrigens auch im Kino so. Nur dass der Film nach neunzig Minuten zu Ende ist, während der Winter bis März dauert. Da ich nicht immer bei einsetzender Dunkelheit die Augen zumachen kann, habe ich bis März ein Problem. Eigentlich bräuchte ich jetzt fünfzehn Stunden Schlaf, ich bekomme aber weitaus weniger. Ich bin also Kurzschläfer. Der Rest ist Wachhalten. Und das ist wahnsinnig anstrengend.

Neulich habe ich in einer Untersuchung gelesen, dass Kurzschläfer weniger Fett verbrennen als Langschläfer. Weil die gemeine Fettzelle Ruhe braucht, um zu funktionieren. Das heißt, obwohl ich alle möglichen Energien aufwende, um wach durch den Winter zu kommen, nehme ich zu. Das ist doch unfassbar! Es hat also nichts mit den zahlreichen Weihnachtsfeiern, den Baumkuchenspitzen oder den Keksen zu tun, dass meine Jeans kneift, es ist der

Schlafmangel. Und den habe ich bis zum Frühjahr. Jeden Tag ein paar Stunden zu wenig. Und ein paar Gramm mehr.

Um eine Lösung für mein Problem zu finden, recherchiere ich weiter. Berliner Wissenschaftler haben kleine Funkchips an Bienen angebracht und herausgefunden, dass die Bienen vergesslich werden, wenn sie zu wenig schlafen. Man hat den Tieren den Weg von einer neuen Futterquelle zu ihrem Bienenstock beigebracht, sie danach am Schlafen gehindert und dann gemerkt, dass weniger als die Hälfte der müden Bienen den Weg am nächsten Tag wiederfanden. Und wenn, dann brauchten sie die doppelte Zeit. Meine erste Reaktion war Erleichterung. Nun denn, wenn das bedeutet, dass ich in meiner müden Phase meine Futterquellen vergesse, dann nehme ich wenigstens nicht zu. Problematisch wird es nur, wenn ich von der Futterquelle nicht mehr nach Hause finde. Dann stehe ich im Dunkeln in der Kälte und weiß nicht weiter. Und werde dabei dicker und dicker.

Die ganzen Recherchen haben mir aber immerhin eines klargemacht: Ich muss mich damit abfinden, dass mich der Winter vergesslich, dick und müde macht. Darum kann ich nun mit gutem Gewissen zum Kakao ein Stück Torte bestellen. Dass ich mein Badezimmer heute putzen wollte, vergesse ich sowieso. Dafür lege ich mich lieber nachher noch ein Stündchen auf die Couch. Wegen der Fettzellen. Damit sie wenigstens ein bisschen arbeiten können.